江山无故
觉情生
——丰子恺游记

图书在版编目（CIP）数据

江山无故觉情生：丰子恺游记/丰子恺著．—北京：人民文学出版社，2021
ISBN 978-7-02-010633-2

Ⅰ．①江… Ⅱ．①丰… Ⅲ．①游记—作品集—中国—现代 Ⅳ．①I267.4

中国版本图书馆CIP数据核字（2021）第165571号

责任编辑　刘　伟
装帧设计　黄云香
责任印制　王重艺

出版发行　人民文学出版社
社　　址　北京市朝内大街166号
邮政编码　100705

印　　刷　河北鹏润印刷有限公司
经　　销　全国新华书店等

字　　数　126千字
开　　本　880毫米×1230毫米　1/32
印　　张　7.25　插页7
印　　数　1—6000
版　　次　2021年9月北京第1版
印　　次　2021年9月第1次印刷

书　　号　978-7-02-010633-2
定　　价　38.00元

如有印装质量问题，请与本社图书销售中心调换。电话：010-65233595

水光山色与人亲

几人相忆在江楼

蜀江水碧蜀山青

山高月小　水落石出

天涯静处无征战 兵气销为日月光

一间茅屋负青山　老夫半间松半间

只是青云浮水上 教人错认作山看

江山无故觉情生

目录

序言 ○○一

东京某晚的事 ○○五

胡桃云片 ○○九

陌巷 ○一五

旧地重游 ○二○

五月 ○二四

肉腿 ○二九

市街形式 ○三三

野外理发处 ○三七

三娘娘 ○四一

看灯

鼓乐	〇四五
钱江看潮记	〇四九
车厢社会	〇五四
放生	〇六三
半篇莫干山游记	〇六八
山中避雨	〇七九
西湖船	〇八三
桂林初面	〇九〇
蜀道奇遇记	〇九六
桂林的山	一〇六
胜利还乡记	一一一
南国女郎	一一七
杵舞和台湾的番人	一一九

看残菊有感　　　　　　　　　　一二三

庐山游记之一　江行观感　　　　一二七

庐山游记之二　九江印象　　　　一三二

庐山游记之三　庐山面目　　　　一三六

扬州梦　　　　　　　　　　　　一四二

西湖春游　　　　　　　　　　　一四九

故宫一瞥　　　　　　　　　　　一五八

杭州写生　　　　　　　　　　　一六一

黄山松　　　　　　　　　　　　一六五

黄山印象　　　　　　　　　　　一六九

上天都　　　　　　　　　　　　一七四

饮水思源

　　——参观江西革命根据地随笔　一八〇

化作春泥更护花

——参观江西革命根据地随笔 …… 一八五

有头有尾

——参观江西革命根据地随笔 …… 一八九

赤栏杆外柳千条

——参观景德镇随笔 …… 一九四

耳目一新 …… 一九八

天童寺忆雪舟 …… 二〇一

不肯去观音院 …… 二〇六

旧上海 …… 二一一

酆都 …… 二一八

塘栖 …… 二二〇

序　言

　　丰子恺先生喜爱读书，喜爱旅游。据统计，在人民文学出版社出版的《丰子恺集》中，谈到董其昌的箴言"读万卷书，行万里路"，就有十三次之多。我们来看看丰先生是怎样解说这句话的。

　　勤描写生，不如多观自然，勤调平仄，不如多读书籍。胸襟既广，眼力既高，手笔自然会进步而超越起来。所以古人学画，有"读万卷书，行万里路"的训话。

　　　　　　　　　　　——丰子恺:《新艺术》

　　董其昌论画家的修养，说要"读万卷书，行万里路"。为什么要读书？了达世情，洞察物理，非多读书不可。为什么要行万里路？奇山异水，幽境绝域，非多行路不能见其状。

太史公游名山大川,归而文章有奇气。作画与作文相似,游了名山大川,胸中的幻象自然丰富,发为绘画,便成杰作。这是真正的画家的修养。

—— 丰子恺:《绘画的技法》

那么,丰子恺读"万卷书"之外,丰子恺是怎么样"行万里路"的呢? 年轻时由于生活负担沉重,很少有机会游玩,只有在杭州读书时借写生的机会游西湖。在日本游学期间,因为总共只有十个月,要学外语学音乐学绘画,又没有时间也没有钱旅游。为此丰先生曾感叹:"每逢坐船,乘车,买物,不想起钱的时候总觉得人生很有意义,对于制造者的工人与提供者的商人很可感谢。但是一想起钱的一种交换条件,就减杀了一大半的趣味。"

倒是抗日战争爆发,他携全家被动地游历了祖国的大好河山。他在1938年7月19日写信给亲戚徐一帆说:"桂林山水甲天下,环城风景绝胜,为战争所迫,得率全家遨游名山大川,亦可谓因祸得福。"

谁知,就这样一封信,却引来上海一些小报的攻击。为此丰子恺在《教师日记》中写道:"咬文嚼字,吹毛求疵,无聊之极,大约另有用意。或者,孤岛人满,生活困难;欲骗稿费,苦无材料,就拿我作本钱。如此则甚可怜。"丰子恺照样饱览祖国山河,并不时描绘画卷,吟写诗句,更主要的是,丰先生的画风,因为饱览祖国山河而有所改变。丰子恺在《漫画创作二十年》一文中说过，他的漫画"约略可分为四个时期：第一是描写古诗的时代，第二是描写儿童相的时代，第三是描写社会相的时代，第四是描写自然相的时代"。这"描写自然相的时代"就是始于抗战的逃难途中。

新中国成立后，丰子恺有了更多的机会去旅游，自1955年到1973年间，他游历了莫干山、庐山、镇江、扬州、黄山、宁波、舟山、普陀山、苏州、杭州、绍兴、嘉兴、南浔和湖州等地，不但描画沿途景色，更是写下一篇篇游记，这些都包括在这本书中。

现在，让我们读着丰先生的游记，跟随着他的脚步，去看看这些丰先生眼中和笔下的旅游圣地。不过，无论是景点还是旅途，我们现在看到和体验到的，一定是远胜于当年的。

杨朝婴　杨子耘

东京某晚的事

　　我在东京某晚遇见一件很小的事,然而这件事我永远不能忘记,并且常常使我憧憬。

　　有一个夏夜,初黄昏时分,我们同住在一个"下宿"①里的四五个中国人相约到神保町去散步。东京的夏夜很凉快。大家带着愉快的心情出门,穿和服的几个人更是风袂飘飘,徜徉徘徊,态度十分安闲。

　　一面闲谈,一面踱步,踱到了十字路口的时候,忽然横路里转出一个伛偻的老太婆来。她两手搬着一块大东西,大概是铺在地上的席子,或者是纸窗的架子吧,鞠躬似的转出大路来。她和我们同走一条大路,因为走得慢,跟在我们后面。

----

① 下宿,日文,意即旅馆。

我走在最先。忽然听得后面起了一种与我们的闲谈调子不同的日本语声音，意思却听不清楚。我回头看时，原来是老太婆在向我们队里的最后的某君讲什么话。我只看见某君对那老太婆一看，立刻回转头来，露出一颗闪亮的金牙齿，一面摇头，一面笑着说：

"Iyada, iyada."（不高兴，不高兴！）

似乎趋避后面的什么东西，大家向前挤挨一阵，走在最先的我被他们一推，跨了几脚紧步。不久，似乎已经到了安全地带，大家稍稍回复原来的速度的时候，我方才探问刚才所发生的事情。

原来这老太婆对某君说话，是因为她搬那块大东西搬得很吃力，想我们中间哪一个帮她搬一会．她的话是：

"你们哪一位替我搬一搬，好不好？"

某君大概是因为带了轻松愉快的心情出来散步，实在不愿意替她搬运重物，所以回报她两个"不高兴"。然而说过之后，在她近旁徜徉，看她吃苦，心里大概又觉得过意不去，所以趋避似的快跑几步，务使吃苦的人不在自己眼睛面前。我探问情由的时候，我们已经离开那老太婆十来丈路，颜面已经看不清楚，声音也已听不到了。然而大家的脚步还是有些紧，不像初出门时那么从容安闲。虽然不说话，但各人一致的脚步，分明表示大家都有这样的感觉。

　　我每次回想起这件事，总觉得很有意味。我从来不曾从素不相识的路人受到这样唐突的要求。那老太婆的话，似乎应该用在家庭里或学校里，决不是在路上可以听到的。这是关系深切而亲爱的小团体中的人们之间所有的话，不适用于"社会"或"世界"的大团体中的所谓"陌路人"之间。这老太婆误把陌路当作家庭了。

　　这老太婆原是悖事的，唐突的。然而我却在想象：假如真能像这老太婆所希望，有这样的一个世界：天下如一家，人们如家族，互相亲爱，互相帮助，共乐其生活，那时陌路就变成家庭，这老太婆就并不悖事，并不唐突了。这是多么可憧憬的世界！

助人最樂

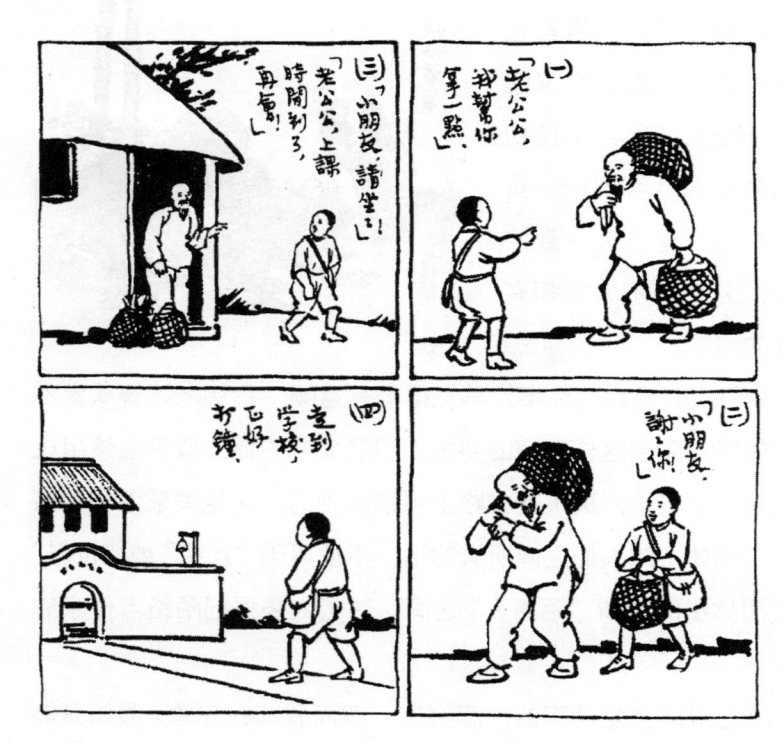

子愷畫

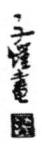

胡 桃 云 片

凭窗闲眺，想觅一个随感的题目。

说出来真觉得有些惭愧：今天我对于展开在窗际的"一·二八"战争的炮火的痕迹，不能兴起"抗日救国"的愤慨，而独仰望天际散布的秋云，甜蜜地联想到松江的胡桃云片。也想把胡桃云片隐藏在心里，而在嘴上说抗日救国。但虚伪还不如惭愧些吧。

三四年前在松江任课的时候，每星期课毕返上海，黄包车经过望江楼隔壁的茶食店，必然停一停车，买一尺胡桃云片带回去吃。这种茶食是否松江的名物，我没有调查过。我是有一回同一个朋友在望江楼喝茶，想买些点心吃吃，偶然在隔壁的茶食店里发见的。发见以后，我每次携了藤箧坐黄包车出城的时候必定要买。后来成为定规，那店员看见我的车子将停下来，就先向橱窗里拿一尺糕来称分量。我走到柜上，不必说话，只须摸出一块钱来等他找我。他找我的有时两角小洋,有时只几个铜板,视糕的分量轻重而异。每月的糕钱约占了我的薪水的十二分之一。我为什么肯拿薪水的十二分之一来按星期致送这糕店呢？因为这种糕实有使我欢喜之处,且听我说：

云片糕,这个名词高雅得很。云片二字是糕的色彩形状的印象的描写。其白如云,其薄如片,名之曰云片,真是高雅而又适当。假如有一片糕向空中不翼而飞,我们大可用古人"白云一片去悠悠"之句来题赞这景象。但我还以为这名词过于象征了些。因为糕的厚薄固然宜于称片,但就糕的轮廓的形状上看,对于上面的云字似觉不切。这糕的四边是直线,四根直线围成一个长方形。用直线围成的长方形来比拟天际缭绕不定的云,似乎过于象征而有些牵强了。若把云片二字专用于胡桃云片上,那么我就另有一种更有趣味的看法。

胡桃云片,本是加有胡桃的云片糕的意思。想象它的制法,大约是把一块一块的胡桃肉装入米粉里,做成一段长方柱形,然后用刀切成薄薄的片。这样一来,每一片糕上都有胡桃肉的各种各样的切断面的形状。胡桃肉的形体本是非常复杂，现在装入糕中而切成片子，就因了它的位置、方向，及各部形体的不同，而在糕片上显出变化多样的形象来。试切下几片糕来，不要立刻塞进口里，先来当作小小的画片观赏一下。有许多极自然的曲线，描出变化多样的形象，疏疏密密地排列在这些小小的画片上。倘就各个形象看：有的像果物，有的像人形，有的像鸟兽，还有许多像台湾。就全体看：有时像蠹鱼钻过的古书，有时像别的世界的地图，有时像古代的象形文字，然而大都疏密无定，颇像现在窗外的散布着秋云的天空。古人诗云："人似秋云散处多。"秋天的云，大都是一朵一朵地分散而疏密无定的。这颇像胡桃云片上的模样。故我每吃胡桃云片便想起秋天，每逢秋天便想吃胡桃云片。根据了这看法而称这种糕曰"胡桃云片"，岂不更为雅致适切而更有趣味吗？

松江人似乎曾在胡桃云片上发见了这种画意的。他们所制的糕，不像别处的产物似的仅在云片中嵌入胡桃肉，他们在糕的四周用红色的线条作一黄金律的缘，而把胡桃的断面装点在这缘线内。这宛如在一幅中国画上加了装裱，或是在一幅西洋画上加了镜框，画的意趣更加焕发了。这些胡桃肉受了缘的隔离，已与实际的世间绝缘，不复是可食的胡桃肉，而成为独立的美的形体了。

因这缘故，松江的胡桃云片使我特别欢喜。辞了松江的教职以后，我不能常得这种胡桃糕，但时时要想念它——例如今天凭窗闲眺而望天际散布的秋云的时候。读者也许要笑："你在想

欣赏

吃松江胡桃糕,何必絮絮叨叨地说出这一大篇!"不,不,我要吃糕很容易:到江湾街上去买两百文胡桃肉,七个铜板云片糕,拿回家来用糕包裹胡桃肉,闭了眼睛塞进嘴里,嚼起来味道和松江胡桃云片完全一样。我的想念松江胡桃云片,是为了想看。至少,半是为了想看,半是为了想吃。若要说吃,我吃这种糕是并用了眼睛和嘴巴而吃的。

我们中国的市上,仅用嘴巴吃的东西太多了。因此使我拿薪水的十二分之一来按星期致送松江的糕店,又使我在江湾的窗际遥遥地想念松江的胡桃云片。我希望我国到处的市上,并用眼睛和嘴巴来吃的东西渐渐多起来。不但嘴吃的东西,身体各部所用的东西,也都要教眼睛参加进去才好。我又希望我国到处的市上,并用眼睛和身体来用的东西也渐渐多起来。

民国二十一〔1932〕年十一月一日

陋　巷[1]

杭州的小街道都称为巷。这名称是我们故乡所没有的。我幼时初到杭州，对于这巷字颇注意。我以前在书上读到颜子"居陋巷，一箪食，一瓢饮"的时候，常疑所谓"陋巷"，不知是甚样的去处。想来大约是一条坍圮、龌龊而狭小的弄，为灵气所钟而居了颜子的。我们故乡尽不乏坍圮、龌龊、狭小的弄，但都不能使我想象做陋巷。及到了杭州，看见了巷的名称，才在想象中确定颜子所居的地方，大约是这种巷里。每逢走过这种巷，我常怀疑那颓垣破壁的里面，也许隐居着今世的颜子。就中有一条巷，是我所认为陋巷的代表的。只要说起陋巷两字，我脑中会立刻浮出这巷的光景来。其实我只到过这陋巷里三次，不过这三次的印

---

[1] 本篇原载1933年4月16日《东方杂志》第30卷第8号。

象都很清楚,现在都写得出来。

　　第一次我到这陋巷里,是将近二十年前的事。那时我只十七八岁,正在杉州的师范学校里读书。我的艺术科教师 L 先生①似乎嫌艺术的力道薄弱,过不来他的精神生活的瘾,把图画音乐的书籍用具送给我们,自己到山里去断了十七天食,回来又研究佛法,预备出家了。在出家前的某日,他带了我到这陋巷里去访问 M 先生②。我跟着 L 先生走进这陋巷中的一间老屋,就看见一位身材矮胖而满面须髯的中年男子从里面走出来应接我们。我被介绍,向这位先生一鞠躬,就坐在一只椅子上听他们的谈话。我其实全然听不懂他们的话,只是断片地听到什么"楞严"、"圆觉"等名词,又有一个英语"philosophy〔哲学〕"出现在他们的谈话中。这英语是我当时新近记诵的,听到时怪有兴味。可是话的全体的意义我都不解。这一半是因为 L 先生打着天津白,M 先生则叫工人倒茶的时候说纯粹的绍兴土白,面对我们谈话时也作北腔的方言,在我都不能完全通用。当时我想,你若肯把我当作倒茶的工人,我也许还能听得懂些。但这话不好对他说,我只得假装静听的样子坐着,其实我在那里偷看这位初见的 M 先生的状貌。他的头圆而大,脑部特别丰隆,假如身体不是这样矮胖,一定负载不起。他的眼不像 L 先生的眼的纤细,圆大

---

　①　L 先生,指李叔同先生。
　②　M 先生,指马一浮先生。

而炯炯发光,上眼帘弯成一条坚致有力的弧线,切着下面的深黑的瞳子。他的须髯从左耳根缘着脸孔一直挂到右耳根,颜色与眼瞳一样深黑。我当时正热中于木炭画,我觉得他的肖像宜用木炭描写,但那坚致有力的眼线,是我的木炭所描不出的。我正在这样观察的时候,他的谈话中突然发出哈哈的笑声。我惊奇他的笑声响亮而愉快,同他的话声全然不接,好像是两个人的声音。他一面笑,一面用炯炯发光的眼黑顾视到我。我正在对他作绘画的及音乐的观察,全然没有知道可笑的理由,但因假装着静听的样子,不能漠然不动;又不好意思问他"你有什么好笑"而请他重说一遍,只得再假装领会的样子,强颜作笑。他们当然不会考问我领会到如何程度,但我自己问心,很是惭愧。我惭愧我的装腔作笑,又痛恨自己何以听不懂他们的话。他们的话愈谈愈长,M先生的笑声愈多愈响,同时我的愧恨也愈积愈深。从进来到辞去,一向做个怀着愧恨的傀儡,冤枉地被带到这陋巷中的老屋里来摆了几个钟头。

第二次我到这陋巷,在于前年,是做傀儡之后十六年的事了。这十六七年之间,我东奔西走地糊口于四方,多了妻室和一群子女,少了一个母亲;M先生则十余年如一日,长是孑然一身地隐居在这陋巷的老屋里。我第二次见他,是前年的清明日,我是代L先生送两块印石而去的。我看见陋巷照旧是我所想象的颜子的居处,那老屋也照旧古色苍然。M先生的音容和十余年前一样,坚致有力的眼帘,炯炯发光的黑瞳,和响亮而愉快的谈笑声。但是听这谈笑声的我，与前大异了。我对于他的话，方言不成问题，意思也完全懂得了。像上次做傀儡的苦痛，这回已经没有，可是另感到一种更深的苦痛：我那时初失母亲——从我孩提时兼了父职抚育我到成人，而我未曾有涓埃的报答的母亲。痛恨之极，心中充满了对于无常的悲愤和疑惑。自己没有解除这悲和疑的能力，便堕入了颓唐的状态。我只想跟着孩子们到山巅水滨去picnic〔郊游〕，以暂时忘却我的苦痛，而独怕听接触人生根本问题的话。我是明知故犯地堕落了。但我的堕落在我所处的社会环境中颇能隐藏。因为我每天还为了糊口而读几页书，写几小时的稿，长年除荤戒酒，不看戏，又不赌博，所有的嗜好只是每天吸半听美丽牌香烟，吃些糖果，买些玩具同孩子们弄弄。在我所处的社会环境中的人看来，这样的人非但不堕落，着实是有淘剩①的。但M先生的严肃的人生，显明地衬出了我的堕落。他和我谈起我所作而他所序的《护生画集》，勉励我；知道我抱着风木之悲，又为我解说无常，劝慰我。其实我不须听他的话，只要望见他的颜色，已觉羞愧得无地自容了。我心中似有一团"剪不断，理还乱"的丝，因为解不清楚，用纸包好了藏着。M先生的态度和说话，着力地在那里发开我这纸包来。我在他面前渐感局促不安，坐了约一小时就告辞。当他送我出门的时候，我感到与十余年前在这里做了几小时傀儡而解放出来时同样愉快的心

---

① 淘剩，作者家乡话，意即出息。

情。我走出那陋巷,看见街角上停着一辆黄包车,便不问价钱,跨了上去。仰看天色晴明,决定先到采芝斋买些糖果,带了到六和塔去度送这清明日。但当我晚上拖了疲倦的肢体而回到旅馆的时候,想起上午所访问的主人,热烈地感到畏敬的亲爱。我准拟明天再去访他,把心中的纸包打开来给他看。但到了明朝,我的心又全被西湖的春色所占据了。

　　第三次我到这陋巷,是最近一星期前的事。这回是我自动去访问的。M先生照旧孑然一身地隐居在那陋巷的老屋里,两眼照旧描着坚致有力的线而炯炯发光,谈笑声照旧愉快。只是使我惊奇的,他的深黑的须髯已变成银灰色,渐近白色了。我心中浮出"白发不能容宰相,也同闲客满头生"之句,同时又悔不早些常来亲近他,而自恨三年来的生活的堕落。现在我的母亲已死了三年多了①,我的心似已屈服于"无常",不复如前之悲愤,同时我的生活也就从颓唐中爬起来,想对"无常"作长期的抵抗了。我在古人诗词中读到"笙歌归院落,灯火下楼台","六朝旧时明月,清夜满秦淮","白头宫女在,闲坐说玄宗"等咏叹无常的文句,不肯放过,给它们翻译为画。以前曾寄两幅给M先生,近来想多集些文句来描画,预备作一册《无常画集》。我就把这点意思告诉他,并请他指教。他欣然地指示我许多可找这种题材的

---

① 作者的母亲死于1930年农历正月初五,即公历2月3日。据此"三年多"一说,疑文末之写作年代为农历。

佛经和诗文集,又背诵了许多佳句给我听。最后他翻然地说道:"无常就是常。无常容易画,常不容易画。"我好久没有听见这样的话了,怪不得生活异常苦闷。他这话把我从无常的火宅中救出,使我感到无限的清凉。当时我想,我画了《无常画集》之后,要再画一册《常画集》。《常画集》不须请他作序,因为自始至终每页都是空白的。这一天我走出那陋巷,已是傍晚时候。岁暮的景象和雨雪充塞了道路。我独自在路上彷徨,回想前年不问价钱跨上黄包车那一回,又回想二十年前作了几小时傀儡而解放出来那一会,似觉身在梦中。

一九三三年一月十五日于石门湾

旧地①重游

　　旧地重游，以前所惯识的各种景物争把过去的事情告诉我，使我耳目不暇应接，心情不胜感慨。我素不喜重游旧居之地，便是为此。但到了不得已的时候，也只得硬着头皮，带着赴难似的心情去重游。前天又为了不得已之故，重到旧地。诗人在这当儿一定可以吟几句。我也想学学看，但觉心绪缭乱，气结不能言，遑论做诗？只是那迎人的柳树使我忆起了从前在不知什么书上读过的一首古人诗："此地曾居住。今年宛如归。可怜汾上柳。相见也依依。"

　　这二十个字在我心中通过，心绪似被整理，气也通畅得多了。

　　次日上午，朋友领我到了旧时所惯到的茶楼上，坐在旧时所

---

① 旧地，指嘉兴。

惯坐的藤椅里。便有旧时惯见的茶伙计的红肿似的手臂，拿了旧时所惯用的茶具来，给我们倒茶。这里是楼上的内室。室中只设五桌座位，他们称之为"雅座"。茶钱比他处贵，外室和楼上每壶十一个铜元，这里要十六个铜元。因这缘故，雅座常很清静。外室和楼下充满了紫铜色的脸，翡翠色的脸，和愤恨不平的话声时，你只要走上扶梯，钻进一个环门，就有闲静的明窗净几。有时空无一人，专等你来享用；有时窗下墙角疏朗朗地点缀着几个小白脸，金牙齿，或仁丹须，静静地在那里咬瓜子，或者摆腿。这好比超过了红尘而登入仙境。五个铜板的法力大矣哉。以前我住在此地的时候，每次到这茶楼，未尝不这样赞叹。这回久别重到，适值外室和楼下极闹而雅座为我们独占，便见脸盆大的五个铜板出现在我的眼前了。我们替茶店打算，这里虽然茶钱贵了五个铜板，但是比较起外面来，座位疏，设备贵，顾客少。照外面的密接的布置，这块地方有十桌可摆，这里只摆五桌。外面用圆凳，这里用藤椅子。外面座客常满，这里空的时候多。

三路的损失绝不止五个铜板。这雅座显然是蚀本生意。这样想来，我们和小白脸，金牙齿，仁丹须的清福，全是那紫铜色的脸，翡翠色的脸和愤恨不平的话声所惠赐的。

我注视桌面，温习那旧时所看熟的木纹的模样。那红肿似的手臂又提了茶罐出现在我的眼前。手臂上面有一张笑口正在对我说话。

"老先生，长久不到了。近来出门？"

"嘿嘿，长久不到了，我已经搬走，今天是来作客的。"

"啊，搬走了！怪不得老客人长久不到了。"

"这房间都是老客人吗？"

"嗳，总是这几位先生。难得有生客。"

"我看这里空的时候多，你们怎么开销？"

"嗳，生意是全靠外面的，不过长衫班的先生请过来，这里座位清爽些。哈哈！"

他一面笑，一面把雪白的热手巾分送给我们，并加说明：

"这毛巾都是新的，旧的都放在外面用。"

啊，他还记忆着我旧

时的习惯。我以前不欢喜和别人共用毛巾。这习惯的由来，最初是一种特殊的癖，后来是怕染别人的病，又后来是因为自己患沙眼，怕把这"亡国之病"传给别人。所以出门的时候，严格地拒绝热手巾。这茶伙计的热手巾也曾被我拒绝过。我不到这茶楼已将两年了，他还记忆着我的习惯。在这点上他可说是我的知己。其实，近来我这习惯，已经移改。因为我觉得严防传染病近于迷信，又觉得严防"亡国之病"未必可以保国，这特殊的癖就渐渐消除。况且我这知己用了这般殷勤体贴的态度而把雪白的热手巾送到我手里，却之不恭。我便欣然地接受而享用了。雪白，火热的一团花露水香气扑上我的面孔，颇觉快适。但回味他的说话，心中又起一种不快之感，这些清静的座位，雪白的毛巾，原来是茶店老板特备给当地的绅士先生们享用的。像我，一个过路的旅客，不过穿件长衫，今天也来掠夺他们的特权，而使外面的人们用我所用旧的毛巾，实在不应该；同时我也不愿意。但这茶伙计已经知道我是过路的客人。他只为了过去的旧谊而浪费这种殷勤，我对于他这点纯洁的人情是应该恭敬地领谢的。

我送还他毛巾的时候说了一声"谢谢你！"，但这三个字在这环境之下用得很不适当。那人惊异地向我一看。然后提了茶罐和毛巾走出环门去。他的背影的姿态突然使我回复了两年前的心情。似觉这两年间的生活是做一个梦，并未过去。

归家的火车十二点钟开。我在十一点半辞别了我的朋友而先下茶楼。走过通达我的旧寓的小路口，望见里面几株杨柳正在向我点头。似乎在告诉我："一架图书和一群孩子在这柳荫深处的老屋里等你归去呢！"我的脚几乎顺顺地跨进了小路。终于踏上马路向车站这方面去了。

廿二〔1933〕年五月七日。

五　月

预计五月赴杭州西湖旅行写生，寓弥陀寺大愿师处，一个月。现在离这时期还有二十天。虽然我不一定会照预计实行，或者虽实行而结果不一定如意。但未来的预计，往往富有兴趣与希望。我过去的生活，是端赖这种兴趣希望维持的。现在不妨对于我的五月写生旅行生活，作种种的预想。

我应该置备些什么用品？这是第一个问题。画箱、水筒、纸，笔，我都有了。只须添买些颜料。颜料须特别多买几瓶 lemon yellow〔柠檬黄〕和 Prussian blue〔普蓝〕。因为这两者可以调成绿色，而绿色是五月的自然界最丰富的色彩。我的画中一定要多量地使用。于是我闭着两眼一看，固然看见浓绿的草木，充塞于西湖的四周，好像一条大而厚的绿绒毯子，包裹了湖上的诸山。我的写生旅行生活的预想，便增添了不少的兴趣与希望。我确定我的写生一定成功。虽然我久不写生,数年来作画但凭记忆或想象,但这一回一定不会失败。因为绿色充满在我的画面中。这是象征和平的色彩。无论我的笔法构图何等幼稚、拙劣,只走几笔绿色也可以慰人心目。我将来写西湖上的青山绿树时,准拟把绿的颜料特别浓重地涂抹,使这和平的色彩稳固地,永久地保留在我的画面里。古人称"绿肥红瘦","绿暗红稀",又说"断送一年春在绿阴中"。都有怜惜红的减却,而怪怨绿的发展的意思。我真不解他们的心理。自然界中,绿色比红色,在分量上普遍得多,在性质上可亲得多。以绿代红,使风景增加和平与美丽,该应是可喜的事,又何用嗟叹?不必说自然风景,就是这几天在上海跑马路,也常实际地感到这一点。跑到十字路口,看见红灯使人不快。它要你立着等待几分钟才得通过。反之,看见绿灯就觉得和平可亲。它仿佛在向你招手,保你平安地穿过"如虎口"的马路去。

但我又预想我的五月旅行,倘不仅画自然界的写生,而又去画人间界的感想。我又非特别多买几瓶 vermillion〔朱红〕和

rose madder〔玫瑰红〕不可。因为人间界的五月，不是绿的而是红的。自五一至五卅，不是有许多天含着危险和血腥的回想吗？要画五月的人间，非多量地施用红色不可。这使我觉得奇怪，五月的自然界与人间界，为什么演成了这般反对的状态？我的预想便转入支路：五月大约就是阴历的四月。阴历四月称为清和月，风景清丽，气候温和，是一年中最好的季节。古人云："一年好景君须记，最是橙黄橘绿时。"橙黄橘绿原也是一种美景，但远不及青山绿野的广大普遍。况且时近冬令，寒气肃杀，在人间界不能说是良辰。美景而兼良辰的，一年中只有五月。就五月的自然界说，冬的寒气已经全消，夏的炎威尚未来临。四六时中，气候温和。无论停午夜分，皆可自由起居行动。这是自然对人的恩宠期。故西洋旧俗以五月为行乐之月，在户外举行种种的 May-games〔五月游艺〕。由此可知五月的自然界与人间界，本来是最调和的。倘得五月中的许多纪念日都变了 May-games

的举行期,我们的生活何等幸福? 我也可省下买 vermillion 与 rose madder 的铜板来,向新市场的采芝斋买些粽子糖,和大愿和尚共吃了。

廿三〔1934〕年四月八日

肉　腿

　　清晨六点钟，寒暑表的水银已经爬上九十二度①。我臂上挂着一件今年未曾穿过的夏布长衫，手里提着行囊，在朝阳照着的河埠上下船，船就沿着运河向火车站开驶。

　　这船是我自己雇的。船里备着茶壶、茶杯、西瓜、薄荷糕、蒲扇和凉枕，都是自己家里拿下来的，同以前出门写生的时候一样。但我这回下了船，心情非常不快：一则为了天气很热，前几天清晨八十九度，正午升到九十九度。今天清晨就九十二度，正午定然超过百度以上，况且又在逼近太阳的船棚底下。加之打开行囊就看见一册《论语》，它的封面题着李笠翁的话，说道人应该在秋、冬、春三季中做事而以夏季中休息，这话好像在那里讥

---

① 九十二度，指华氏度。

笑我。二则，这一天我为了必要的人事而出门，不比以前开"写生画船"的悠闲。那时正是暮春天气，我雇定一只船，把自己需用的书籍、器物、衣服、被褥放进船室中，自己坐卧其间。听凭船主人摇到哪个市镇靠夜，便上岸去自由写生，大有"听其所止而休焉"的气概。这回下船时形式依旧，意义却完全不同。这一次我不是到随便哪里去写生，我是坐了这船去赶十一点钟的火车。上回坐船出于自动，这回坐船出于被动。这点心理便在我胸中作起怪来，似乎觉得船室里的事物件件都不称心了。然而船窗外的特殊的景象，却引起了我的注意。

从石门湾到崇德之间，十八里运河的两岸，密接地排列着无数的水车。无数仅穿着一条短裤的农人，正在那里踏水。我的船在其间行进，好像阅兵式里的将军。船主人说，前天有人数过，两岸的水车共计七百五十六架。连日大晴大热，今天水车架数恐又增加了。我设想从天中望下来，这一段运河大约像一条蜈蚣，数百只脚都在那里动。我下船的时候心情的郁郁，到这时候忽然变成了惊奇。这是天地间的一种伟观，这是人与自然的剧战。火一般的太阳赫赫地照着，猛烈地在那里吸收地面上所有的水；浅浅的河水懒洋洋地躺着，被太阳越晒越浅。两岸数千百个踏水的人，尽量地使用两腿的力量，在那里同太阳争夺这一些水。太阳升得越高，他们踏得越快："洛洛洛洛……"响个不绝。后来终于戛然停止，人都疲乏而休息了；然而太阳似乎并不疲倦，不须休息；在静肃的时候，炎威更加猛烈了。

听船人说，水车的架数不止这一些，运河的里面还有着不少。继续两三个月的大热大旱，田里、浜里、小河里，都已干燥见底；只有这条运河里还有些水。但所有的水很浅，大桥的磐石已经露出二三尺；河埠石下面的桩木也露出一二尺，洗衣汲水的人，蹲在河埠最下面一块石头上也撩不着水，须得走下到河床的边上来浣汲。我的船在河的中道独行，尚无阻碍；逢到和来船交手过的时候，船底常常触着河底，轧轧地作声。然而农人为田禾求水，舍此以外更没有其他的源泉。他们在运河边上架水车，把水从运河踏到小河里；再在小河边上架水车，把水从小河踏到浜里；再在浜上架水车，把水从浜里踏进田里。所以运河两岸的里面，还藏着不少的水车。"洛洛洛洛……"之声因远近而分强弱数种，互相呼应着。这点水仿佛某种公款，经过许多人之手，送到国库时所剩已无几了。又好比某种公文，由上司行到下司，费时很久，费力很多。因为河水很浅，水车必须竖得很直，方才吸得着水。我在船中目测那些水车与水平面所成的角度，都在四十五度以上；河岸特别高的地方，竟达五六十度。不曾踏过或见过水车的读者，也可想象：这角度越大，水爬上来时所经的斜面越峭，即水的分量越重，踏时所费的力量越多。这水仿佛是从井里吊起来似的。所以踏这等水车，每架起码三个人。而且一个车水口上所设水车不止一架。

故村里所有的人家，除老弱以外，大家须得出来踏水。根本没有种田就逢大旱的人家，或所种的禾稻已经枯死的人家，也非出来参加踏水不可,不参加的干犯众怒,有性命之忧。这次的工作非为"自利",因为有多人自己早已没有田禾了;又说不上"利他",因为踏进去的水被太阳蒸发还不够,无暇去滋润半枯的禾稻的根了。这次显然是人与自然的剧烈的抗争。不抗争而活是羞耻的,不抗争而死是怯弱的;抗争而活是光荣的,抗争而死也是甘心的。农人对于这个道理,嘴上虽然不说,肚里很明白。眼前的悲壮的光景便是其实证。有的水车上,连妇人、老太婆、十一二岁的小孩子都在那里帮工。"噹,噹,噹",锣声响处,一齐戛然停止。有的到荫处坐着喘息;有人向桑树拳头①上除下篮子来取吃食。篮子里有的是蚕豆。他们破晓吃了粥,带了一篮蚕豆出来踏水。饥时以蚕豆充饥,一直踏到夜半方始回去睡觉。只有少数的"富有"之家的篮子里,盛着冷饭。"噹,噹,噹",锣声响处,大家又爬上水车,"洛洛洛洛"地踏起来。无数赤裸裸的肉腿并排着,合着一致的拍子而交互动作,演成一种带模样。我的心情由不快变成惊奇;由惊奇而又变成一种不快。以前为了我的旅行太苦痛而不快,如今为了我的旅行太舒服而不快。我的船棚下的热度似乎忽然降低了;小桌上的食物似乎忽然太精美了;我的出门的使命似乎忽然太轻松了。直到我舍船登岸,通过了奢华的二等车厢而坐到我的三等车厢里的时候,这种不快方才渐渐解除。唯有那活动的肉腿的长长的带模样,只管保留印象在我

---

① 桑树拳头,指桑树上抽新枝处。

的脑际。这印象如何？住在都会的繁华世界里的人最容易想象，他们这几天晚上不是常在舞场里、银幕上看见舞女的肉腿的活动的带模样么？踏水的农人的肉腿的带模样正和这相似，不过线条较硬些，色彩较黑些。近来农人踏水每天到夜半方休。舞场里、银幕上的肉腿忙着活动的时候，正是运河岸上的肉腿忙着活动的时候。

一九三四年八月十五日于杭州招贤寺

市街形式

　　在上海劳作了半个月，一旦工作告一小段落，偷闲乘通车到杭州来抽一口气。当我在城站①下车，坐黄包车到达新市场时，望见这里一片平广的夜景，心头感到十分的快适。

　　"为什么我心头这般快适？"我这样地自问，便开始研究自己的心理状态。研究的结果，我知道这快适的成因乃主观和客观两方合成。在主观方面，我这会劳作了半个月，到这里来休息一下，自己以为是堂皇的。好比劳动者作了一天苦工，晚间到酒店的柜头上来买碗酒喝，"一升高粱！"喊的声音威严响亮，语气是命令的。在客观的方面，新市场的市街的平广的景象，容易使人看了生出快适之感。杭州还没有摩天楼出现，现有的房屋大多数是

---

① 城站，是杭州的一个火车站。

二三层的。远望市街的夜景，只见一片灯火平铺在广大的地上，好像一条灿烂的宝带。我看到这般景象时，假想它是古代神话中的光景，心头暂时感到一种快适。

上海市街的灯火，当然比杭州更多。然而没有这般快适之感，却使人感到一种压迫。这是市街形式不同的关系，上海的市街形式是直的，杭州的市街形式是横的。直的形式有严肃之感，横的形式有和平之感。只要比较观看直线和横线，便可知道形式感情的区别。直线是阶级的，横线是平等的。直线有危险性，横线则表示永久的安定。故直线比横线森严，横线比直线可亲。森林多直线，使人感到凛然；流水多横线，使人感到爽快。上海近来高层建筑日渐增多，虽然没有像森林一般密，也可谓"林立"了。我们身在高不可仰的大建筑物下面行走，觉得自己的身体在相形之下非常邈小，自然地感到一种恐怖。设想这种高大的建筑物假如坍倒下来，可使许多人粉身碎骨，好像大皮鞋落在蚂蚁队伍上一样。

高层建筑是现代艺术的主要的题材，这正在世

界各资本主义的大都市中蓬勃地发展着。世间的建筑家，多数正在尽心竭力地从事于摩天阁建造法的研究。他们想把向来的横的市街改造为直的，想把向来的和平可亲的市街改造为危险可怕的。

上海分明已经受着这种改造，杭州还不会。因此我觉得杭州可爱，但可爱的也只是杭州的形式而已。

廿三〔1934〕年十二月十七日于石门湾缘缘堂

野外理发处

我的船所泊的岸上,小杂货店旁边的草地上,停着一副剃头担。我躺在船榻上休息的时候,恰好从船窗中望见这副剃头担的全部。起初剃头司务独自坐在凳上吸烟,后来把凳让给另一个人坐了,就剃这个人的头。我手倦抛书,而昼梦不来。凝神纵目,眼前的船窗便化为画框,框中显出一幅现实的画图来。这图中的人物位置时时在变动,有时会变出极好的构图来,疏密匀称,姿势集中,宛如一幅写实派的西洋画。有时微嫌左右两旁空地太多太少,我便自己变更枕头的放处,以适应他们的变动,而求船窗中的妥帖的构图。但妥帖的构图不可常得,剃头司务忽左忽右忽前忽后,行动变化不测,我的枕头刚刚放定,他们的位置已经移变了。唯有那个被剃头的人,身披白布,当模特儿一般地静坐着,大类画中的人物。

平日看到剃头，总以为被剃者为主人，剃者为附从。故被剃者出钱雇用剃头司务，而剃头司务受命做工；被剃者端坐中央，而剃头司务盘旋奔走。但绘画地看来，适得其反：剃头司务为画中主人，而被剃者为附从。因为在姿势上，剃头司务提起精神做工，好像雕刻家正在制作，又好像屠户正在杀猪。而被剃者不管是谁，都垂头丧气地坐着，忍气吞声地让他弄，好像病人正在求医，罪人正在受刑。听说今春杭州举行金刚法会时，班禅喇嘛叫某剃头司务来剃一个头，送他十块钱，剃头司务叩头道谢。若果有其事，这剃头司务剃"活佛"之头，受十元之赏，而以大礼答谢，可谓荣幸而恭敬了。但我想当他工作的时候，"活佛"也是默默地把头交付他，任他支配的。假如有人照一张"喇嘛剃头摄影"，挂起来当作画看，画中的主人必是剃头司务，而喇嘛为剃头司务的附从。纯粹用感觉来看，剃头这景象中，似觉只有剃头司务一个人；被剃的人暂时变成了一件东西。因为他无声无息，呆若木鸡；全身用白布包裹，只留出毛毛草草的一个头，而这头又被操纵在剃头司务之手，全无自主之权。请外科郎中开刀的人要叫"啊唷哇"，受刑罚的人要喊"青天大老爷"，独有被剃头的人一声不响，绝对服从地把头让给别人弄。因为我在船窗中眺望岸上剃头的景象，在感觉上但见一个人的活动，而不觉得其为两个人的勾当。我很同情于这被剃者：那剃头司务不管耳、目、口、鼻，处处给他抹上水，涂上肥皂，弄得他淋漓满头；拨他的下巴，他只得仰起头来；拉他的耳朵，他只得旋转头去。这种身体的不自由之苦，在照相馆的镜头前面只吃数秒钟，犹可忍也；但在剃头司务手下要吃个把钟头，实在是人情所难堪的！我们岸上这位被剃头者，忍耐力格外强：他的身体常常为了适应剃头司务的工作而转侧倾斜，甚至身体的重心越出他所坐的凳子之外，还是勉力支撑。我躺在船里观看，代他感觉非常的吃力。人在被剃头的时候，暂时失却了人生的自由，而做了被人玩弄的傀儡。

我想把船窗中这幅图画移到纸上。起身取出速写簿，拿了铅笔等候着。等到妥帖的位置出现，便写了一幅，放在船中的小桌子上，自己批评且修改。这被剃头者全身蒙着白布，肢体不分，好似一个雪菩萨。幸而白布下端的左边露出凳子的脚，调剂了这一大块空白的寂寥。又全靠这凳脚与右边的剃头担子相对照，稳固了全图的基础。凳脚原来只露一只，为了它在图中具有上述的两大效用，我擅把两脚都画出了。我又在凳脚的旁边，白布的下端，擅自添上一朵墨，当作被剃头者的黑裤的露出部分。我以为有了这一朵墨，白布愈加显见其白；剃头司务的鞋子的黑在画的下端不致孤独。而为全图的主眼的一大块黑色——剃头司务的背心——亦得分布其同类色于画的左下角，可以增进全图的统调。为求这黑色的统调，我的签字须写得特别粗大些。

船主人于我下船时，给十个铜板与小杂货店，向他们屋后的地上采了一篮豌豆来，现在已经煮熟，送进一盘来给我吃。看见我正在热心地弄画，便放了盘子来看。"啊，画了一副剃头担！"他说："像在那里挖耳朵呢。小杂货店后面的街上有许多花样：捉牙虫的、测字的、旋糖的，还有打拳头卖膏药的……我刚才去采豆时从篱笆间望见，花样很多，明天去画！"我未及回答，在我背后的小洞门中探头出来看画的船主妇接着说："先生，我们明天开到南浔去，那里有许多花园，去描花园景致！"她这话使我想起船舱里挂着的一张照相：那照相里所摄取的，是一株盘曲离奇的大树，树下的栏杆上靠着一个姿态闲雅而装束楚楚的女子，好像一位贵妇人；但从相貌上可以辨明她是我们的船主妇。大概这就是她所爱好的花园景致，所以她把自己盛妆了加入在里头，拍这一张照来挂在船舱里的。我很同情于她的一片苦心。这照片仿佛表示：她在物质生活上不幸而做了船娘，但在精神生活上十足地是一位贵妇人。世间颇有以为凡画必须优美华丽的人；以为只有风、花、雪、月、朱栏、长廊、美人、名士是画的题材的人。我们这船主妇可说是这种人的代表。我吃着豌豆和这船家夫妇俩谈了些闲话，他们就回船梢去做夜饭。

　　天色渐渐向晚，岸上剃头担已经挑去，只剩一片草地。我独坐船舱中等夜饭吃，乘闲考虑画的题目。这是最廉价的理发处，

剃一个头只要十五个铜板。这恐怕是我国所独有的理发处。外国人见了或许要羡慕："中国人如何高雅而自然，不但幽人隐士爱好山水，连一般人的理发也欢喜在天光之下，蝴蝶飞舞的青草地上。"刚才船主告诉我："近来这种剃头担在乡间生意很好，本来出一角小洋上剃头店的人，现在都出十五个铜板坐剃头担了。"外国人看了这情形，以为中国人近来愈加高雅而自然了，我就美其名曰"野外理发处"吧。

廿三〔1934〕年六月十日作

三 娘 娘

我的船停泊在小桥堍的小杂货店的门口,已经三天了。每次从船舱的玻璃窗中向岸上眺望,必然看见那小杂货店里有一位中年以上的妇人坐在凳子上"打绵线"。后来看得烂熟,不须写生,拿着铅笔便能随时背摹其状。我从她的样子上推想她的名字大约是三娘娘。就这样假定。

从船舱的玻璃窗中望去,三娘娘家的杂货店只有一个板橱和一只板桌。板橱内陈列着草纸,蚊虫香和香烟等。板桌上排列着四五个玻璃瓶,瓶内盛着花生米糖果等。还有一只黑猫,有时也并列在玻璃瓶旁。难得有一个老人或一个青年在这店里出现,常见的只有三娘娘一人。但我从未见过有人来三娘娘的店里买物。每次眺望,总见她坐在板桌旁边的独人凳上,打绵线。

午后天下雨。我暂不上岸,靠在船窗上吃枇杷。假如我平生

也有四恨,枇杷有核该是我的四恨之一。我说水果中枇杷顶好吃。可惜吃的手续麻烦。堆了半桌子的皮和核,弄脏了两手。同吃蟹相似,善后甚是吃力。但靠在船窗上吃,省力得多。皮和核可随时抛在水里,绝没有卫生警察来干涉。即使来干涉,我可想出理由来辩解:枇杷叶是药,枇杷核和皮或者也有药力。近来水面上浮着死猪,死羊,死狗,死猫很多,加了这药力或者可以消毒,有益于公众卫生。这般说过之后,卫生警察一定"马马虎虎"。

以前我只是向窗中探首一望,瞥见三娘娘的刹那间的姿态而已。这回因吃枇杷,久凭窗际,方才看见三娘娘的打绵线的能干,其技法的敏捷,态度的坚忍,可以使人吃惊。都会里的摩青与摩女,(注:日本人略称 modern boy〔摩登(男)青年〕为 moba,略称 modern girl〔摩登女郎〕为 moga[①],今仿此。)恐怕没有

---

① moba, moga 皆英语发音之简化。

知道"打绵线"为何物；看了我这幅画，将误认为打弹子，放风筝，抽陀螺，亦未可知。我生长在穷乡，见惯这种苦工，现在可为不知者略道之：这是一架人制的纺丝机器。在一根三四尺长的手指粗细的木棒上，装一个铜叉头，名曰"绵叉梗"，再用一根约一尺长的筷子粗细的竹棒，上端雕刻极疏的螺旋纹，下端装顺治铜钿（康熙，乾隆铜钿亦可）十余枚，中间套一芦管，名曰"锤子"。纺丝的工具，就是绵叉梗和锤子这两件。应用之法，取不能缫丝的坏茧子或茧子上剥下来的东西，并作绵絮似的一团，顶在绵叉梗上的铜叉头上。左手持绵叉梗，右手扭那绵絮，使成为线。将线头卷在锤子的芦管上，嵌在螺旋纹里。然后右手指用力将竹棒一旋，使锤子一边旋转，一边靠了顺治铜钱的重力而挂下去。上面扭，下面挂，线便长起来。挂到将要碰着地了，右手停止扭线而捉取锤子，将线卷在芦管上。卷了再挂，挂了再卷，锤子上的线球渐渐大起来。大到像上海水果店里的芒果一般了，便可连芦管拔脱，另将新芦管换上，如法再制。这种芒果般的线球，名曰绵线。用绵线织成的绸，名曰绵绸：像我现在身上所穿的衣服，正是由三娘娘之类的人的左手一寸一寸地扭出来而一寸一寸地卷上去的绵线所织成的。近来绵绸大贱，每尺只卖一角多钱。据说，照这价钱合算起工资来，像三娘娘这样勤劳地一天扭到晚，所得不到十个铜板。但我想，假如用"勤劳"的国土里的金钱来定起工价来，这样纯熟的技能，这样忍苦的劳作，定他每天十个金镑，也不算过多呢。三娘娘的操持绵叉梗的手，比闲人们打弹子的手更为稳固；扭绵线的手，比闲人们放风筝的手更为敏捷；旋锤子的手，比闲人们抽陀螺的手更为有力。打一个弹子可赢得不少的洋钱，打一天绵线赚不到十个铜板。如使三娘娘欲富，应该不打绵线打弹子。

三娘娘为求工作的速成，扭的绵线特别长，要两手向上攀得无可再高，锤子向下挂得比她的小脚尖还低，方才收卷。线长了，收卷的时候两臂非极度向左右张开不可。看她一挂一卷，手臂的动作非常辛苦！一挂一卷，费时不到一分钟；假定她每天打绵线八小时，统计起来，她的手臂每天要攀高五六百次。张开五六百次。就算她每天赚得十个铜板，她的手臂要攀五六十次，张五六十次，还要扭五六十通，方得一个铜板的酬报。

黑猫端坐在她面前，静悄悄地注视她的工作，好像在那里留心计数她的手臂的动作的次数。

廿三〔1934〕年六月十六日

看　灯

今晚我的船所要停泊的市镇上,正在举行"新生活运动提灯大会"。船头离岸尚远,早有鼓乐喧阗之声,从远近各处传入我的船室。船家夫妇从下午起,一直在船梢上恨恨地谈论昨夜失去的那条白绵绸裤子。新生活运动鼓乐之声能使他们转恨为喜,到这时候他们忽然起劲地摇着"盖面橹"①,兴致勃勃地话起那灯会中的"牡丹亭","白毛太狮"来。

市里的岸边停着许多客船,我们的船不能摇进市中,只得泊在市梢。船家夫妇做夜饭给我吃,同时为我谈起灯会的种种盛况。他们说这是难得看得到的;又说像我,描画的人,更是非看不可。他们能包我描得许多"出色"的画。最后又郑重地叮嘱我,衣帽

---

① 摇"盖面橹",作者家乡话,指船即将靠岸的摇法,因橹吃水不深,故谓"盖面"。

物件务要收藏得好，防恐蹈了昨夜的覆辙。

黄昏九时，我由船主人引导，穿过了一片汗臭的人海，来到毛厕斜对面的一所败屋的门前。船主人说，在这地方看灯再好勿有。别的房屋的门口，都站满着人，只有这庑下比较的空些。原来这败屋的门紧紧地关闭着，里面并无主人出来看灯，专把它庑下这块在当时千金难买的空地，让给像我这样的过路人驻足。我举头一看，望见檐下挂着一块破旧不堪的匾额，额上写着"土谷祠"三字，心想这里面大约没有阿Q，或者也有，而正在参加提灯，所以关着门。门外已疏朗朗地站着十来个人，但一边尚有几尺空地，好像是专为我和船主人留着的。走近一看，地下有着很大的一个水洼，其深不可测。船主人去近旁拾些砖头来，在这些水洼里填起两个浮墩，教我把足踏在浮墩上。他自己本来赤着脚，就像种莲花一般地把两脚插在水里，挺起胸部，等候着看灯。

这样地站着等候了约一小时之久，鼓乐之声渐渐地迫近来。路的两旁就有千百个人头，弯弯曲曲地伸进伸出，向鼓乐的来处探望，惟有我一人正襟危立，一些儿不动。人之见者，或将赞我镇静不躁，修养功夫极深。果尔，我将感谢我脚底下的两个浮墩。其实我早该感谢它们。因为这时候，站到土谷祠庑下来的人已渐次增加了不少，颇有些儿拥挤，但始终没有人敢挨近我身边来。我仿佛是占据着梁山泊的强徒，四面环绕着水，任何官兵不敢相犯。

鼓乐只管在近处喧阗。花灯只管不来。我的两脚只管保住了一尺半的距离而分立着，有些儿麻木了。我的眼睛只管望见罗汉像一般的人头，也有些儿看厌了。视线所及，只有斜对面毛厕上络绎不绝的小便者，变化丰富，姿势各殊，暂时代替花灯供我欣赏。这会我独得了珍奇的阅历：有生以来，从未对着这样拥挤的毛厕作这样长久的观察。吾今始知小便者的态度姿势变化之多。想描出几个，伸手向衣袋中摸速写簿，遍摸不得。料想是一小时之前通过人海时被挤出衣袋而落在途中了，或者被人误认作皮夹掏去了。我之所谓速写簿，其实只是六个铜板买来的一本小拍纸簿，厚纸的旁边装着一个自己手制的铅笔套，套内插着半枝大华厂"唯一国货"的六B铅笔罢了。不过里面已经写着一幅船主人洗脚图，失去了略觉可惜；当时眼前的小便者的姿态无法速写，又觉得可惜。

继续看了络绎不绝的许多小便者之后，花灯方始迎来。我目不转瞬地注视，想多看些，以偿盼待之劳。可是那些花灯都像灵隐道上的轿子一般匆匆地从我眼前抬过，不肯给我细看。而我呢，也因为在水泊中的浮墩上一动不

动地继续站立了一小时多，异常疲劳，没有仔细看灯的精力了。只觉无数乒乓球制的小电灯在我眼前络绎不绝地经过，等它们过完之后，我靠了船主人的手援，跳出水泊，再穿过了汗臭的人海而归到船埠。

坐在船室中，船主人便问我今晚可得几幅画。我闭目探索，只有那毛厕中一个小便者的姿态，在我脑中留有明确的印象。便背摹其状。

廿三〔1934〕年五月十九日[①]

---

① 本文篇末未署日期。这里所署的日期是发表在《论语》上时篇末所署。

鼓　乐

　　我本已决心，今晚不再上岸去看灯。预备在船室中洋烛光底下的小桌子上整理白天的画稿，或者躺着阅读新到的杂志；黄昏肚饥时向船主妇借只碗，到岸上去买碗"救命圆子"①吃吃，倒比投身在人海的涡旋里看灯，来得有味。但是我后来终于变计，又跟了船主人上岸去看灯了。

　　所以变计者，一半是因船主人的劝进。一半是受了鼓乐声的诱惑。船主人说，今晚的灯比昨晚好得多，有从别码头借来的台阁，有七十几节的"金华老龙"；远方特地雇舟来看的也不少，我们便路到此，乐得一看。我听了这般盛况，觉得应该随喜。同时鼓乐喧阗之声从远近各处送进我的船室来，使我听了觉得脚底

---

　　①　"救命圆子"，一种很小的圆子，极言其吃不饱，只能救饥饿者一命，故有此称呼。

锣鼓响音

上痒痒的,不由得收拾画具书册,跟着船主人跳上岸去"与众乐乐"了。

鼓乐所用之乐器,都是不能奏旋律的打乐器;所奏的音乐,也只是简单的几句腔调的反复,正如小孩子们口中所唱:"同同上,登登上,登登次登次登上……"但它具有一种奇妙的诱惑力,能吸引远近各处的人心。回忆昨晚在灯会中所听到的丝竹管弦之音,表面虽似复杂,但在我看来(其实是听来,但不妨说看来)反比鼓乐简单。凭我的记忆,昨夜所闻的丝竹管弦曲的旋律,若用简谱记录起来,都不外乎的反复敷衍。听得过

$$5\dot{1}\ 6\dot{1}\ 5\ |\ 5\dot{1}\ 6\dot{1}\ 56\ \dot{1}\ |\ 6\dot{1}6\dot{1}\dot{1}3\dot{2}|$$
$$\dot{3}\dot{2}\dot{3}\dot{2}\dot{3}\dot{2}\dot{1}\ |\ \dot{3}\dot{3}6 2\dot{1}\ 6 2\ |\ \dot{1}6 2\dot{1}65 3\ |$$
$$5\cdots\cdots$$

久了,使我觉得心头上痒痒的,非常难熬,而且这痒无法可搔。即使立刻掩耳却走,仍是带着这痒走的。鼓乐则不然,远听时脚底上发痒,只要跟了大众跑,就会爽快。跑到近处,身心就会同化在鼓乐的节奏中,跟了它昂奋起来,至多也不过使你疲劳,却

绝不会使你难熬。这是中国音乐的特产。据我所知，西洋音乐上似乎没有全用打乐器组成的演奏法。

所以我跟船主人上岸，名为看灯，其实是想看看鼓乐的演奏。这回我们站在桥畔看灯。许多花灯像轿子一般地抬过桥去。后来为了前途障碍，一齐停下了。停在面前的，是装着"提倡新生活"，"与民同乐"等大字匾额的一座灿烂的台阁。后面跟着的是一班打乐队。我便从人丛中挤到后面去，细看那打乐队的演奏。奏法率直得很，但把锣、鼓、饶钹等乐器交互相间地敲击，自成一种雍容浩荡的音节。鼓的奏法尤为率直，老是"同，同，同，同"地敲打，永不变化其节奏。但因了其他乐器的配合，自能表现一种特殊的效果。敲鼓的样子更使我惊异：一个孩子背着一面鼓向前跑，鼓手跟在后面一路打去，好像追杀败将一般。孩子跑得越快，后面打的追得越紧；孩子立停了让他打，他就摆开步位，出劲地痛打一顿。孩子背后受人痛打，前面管自吃芝麻饼。饼上的芝麻跟了鼓的"同，同，同，同"而纷纷地落下，他伸手接住了芝

麻，慢慢地用舌舐食。我走近去看，但见他全身的衣服，筋肉，头发，都跟了鼓的打击而瑟瑟地颤动。他的内脏一定也跟着了鼓声而振荡着。这是一种无微不至的全身运动，吃下芝麻饼去，消化想是很快的。但我细看那孩子的年龄，不过十岁左右，他的皮肉很嫩，他的骨节一定不很坚牢。这样剧烈地敲到半夜，这副嫩骨头可被敲散，回家去非找他母亲重新编穿过不可呢。

速取速写簿来描取这般惊异的现状。描成，鼓乐队就开拔，渐渐远去。收了速写簿再听鼓乐，音节远不及以前的雍容浩荡，似乎带着凄惨之气了。

卅三〔1934〕年五月廿日

钱江看潮记

阴历八月十八，我客居杭州。这一天恰好是星期日，寓中来了两位亲友，和两个例假返寓的儿女。上午，天色阴而不雨，凉而不寒。有一个人说起今天是潮辰，大家兴致勃勃起来，提议到海宁看潮。但是我左足趾上患着湿毒，行步维艰还在其次；鞋根拔不起来，拖了鞋子出门，违背新生活运动，将受警察干涉。但为此使众人扫兴，我也

不愿意。于是大家商议，修改办法：借了一只大鞋子给我左足穿了，又改变看潮的地点为钱塘江边，三廊庙。我们明知道钱塘江边潮水不及海宁的大，真是"没啥看头"的。但凡事轮到自己去做时，无论如何总要想出它一点好处来，一以鼓励勇气，一以安慰人心。就有人说："今年潮水比往年大，钱塘江潮也很可观。""今天的报上说，昨天江边车站的铁栏都被潮水冲去，二十几个人爬在铁栏上看潮，一时淹没，幸为房屋所阻，不致与波臣为伍，但有四人头破血流。"听了这样的话，大家觉得江干不亚于海宁，此行一定不虚。我就伴了我的两位亲友，带了我的女儿和一个小孩子，一行六人，就于上午十时动身赴江边。我两脚穿了一大一小的鞋子跟在他们后面。

我们乘公共汽车到三廊庙，还只十一点钟。我们乘义渡过江，去看看杭江路的车站，果有乱石板木狼藉于地，说是昨日的潮水所致的。钱江两岸两个码头实在太长，加起来恐有一里路。回来的时候，我的脚吃不消，就坐了人力车。坐在车中看自己的两脚，好像是两个人的。倘照样画起来，见者一定要说是画错的，但一路也无人注意，只是我自己心虚，偶然逢到有人看我的脚，我便疑心他在笑我，碰着认识的人，谈话之中还要自己先把鞋的特殊的原因告诉他。他原来没有注意我的脚，听我的话却知道了。善于为自己辩护的人，欲掩其短，往往反把短处暴露了。

我在江心的渡船中遥望北岸，看见码头近旁有一座楼，高而多窗，前无障碍。我选定这是看潮最好的地点。看它的模样，不是私人房屋，大约是茶馆酒店之类，可以容我们去坐的。为了脚痛，为了口渴，为了肚饥，又为了贪看潮的眼福，我遥望这座楼觉得异常玲珑，犹似仙境一般美丽。我们跳上码头，已是十二点光景。走尽了码头，果然看见这座楼上挂着茶楼的招牌，我们欣然登楼。走上扶梯，看见列着明窗净几，全部江景被收在窗中，果然一好去处。茶客寥寥，我们六人就占据了临窗的一排椅子。我回头喊堂倌："一红一绿！"堂倌却空手走过来，笑嘻嘻地对我说："先生，今天是买坐位的，每位小洋四角。"我的亲友们听了这话都立起身来，表示要走。但儿女们不闻不问，只管凭窗眺望江景，指东话西，有说有笑，正是得其所哉。我也留恋这地方，但我的亲友们以为座价太贵，同堂倌讲价，结果三个小孩子"马马虎虎"，我们六个人一共出了一块钱。①先付了钱，方才大家放心坐下。托堂倌叫了六碗面，又买了些果子，权当午饭。大家正肚饥，吃得很快。吃饱之后，看见窗外的江景比前更美丽了。

我们来得太早，潮水要三点钟才到呢。到了一点半钟，我们才看见别人陆续上楼来。有的嫌座价贵，回了下去。有的望望江景，迟疑一下，坐下了。到了两点半钟，楼上的座位已满，嘈杂异常，非复吃面时可比了。我们的座位幸而在窗口，背着嘈杂面江而坐，仿佛身在泾渭界上，另有一种感觉。三点钟快到，楼上已无立锥之地。后来者无座位，不吃茶，亦不出钱。我们的背后

---

① 当时角币有大洋小洋之分，一块钱相当于小洋十二角。

挤了许多人。回头一看，只见观者如堵。有男有女，有老有少，更有被抱着的孩子。有的坐在桌上，有的立在凳上，有的竟立在桌上。他们所看的，是照旧的一条钱塘江。久之，久之，眼睛看得酸了，腿站得痛了，潮水还是不来。大家倦起来，有的垂头，有的坐下。忽然人丛中一个尖锐的呼声："来了！来了！"大家立刻把脖子伸长，但钱塘江还是照旧。原来是一个母亲因为孩子挤得哭了，在那里哄他。

江水真是太无情了。大家越是引颈等候，它的架子越是十足。这仿佛有的火车站里的卖票人，又仿佛有的邮政局收挂号信的，窗栏外许多人等候他，他只管悠然地吸烟。

三点二十分光景，潮水真的来了！楼内的人万头攒动，像运动会中决胜点旁的观者。我也除去墨镜，向江口注视。但见一条同桌上的香烟一样粗细的白线，从江口慢慢向这方面延长来。延了好久，达到西兴方面，白线就模糊了。再过了好久，楼前的江水渐渐地涨起来。浸没了码头的脚。楼下的江岸上略起些波浪，有时打动了一块石头，有时淹没了一条沙堤。以后浪就平静起来，水也就渐渐退却。看潮就看好了。楼中的人，好像已经获得了什么，各自纷纷散去。我同我亲友也想带了孩子们下楼，但一个小孩子不肯走，惊异地责问我："还要看潮哩！"大家笑着告诉他："潮水已经看过了！"他不信，几乎哭了。多方劝慰，方才收泪下楼。

我实在十分同情于这小孩子的话。我当离座时，也有"还要看潮哩！"似的感觉。似觉今天的目的尚未达到。我从未为看潮而看潮。今天特地为看潮而来，不意所见的潮如此而已，真觉大失所望。但又疑心自己的感觉不对。若果潮不足观，何以茶楼之中，江岸之上，观者动万，归途阻塞呢？以问我的亲友，一人云："我们这些人不是为看潮来的，都是为潮神贺生辰来的呀！"这话有理，原来我们都是被"八月十八"这空名所召集的。怪不得潮水毫没看头。回想我在茶楼中所见，除旧有的一片江景外毫无可述的美景。只有一种光景不能忘却：当波浪淹没沙堤时，有一群人正站在沙堤上看潮。浪来时，大家仓皇奔回，半身浸入水中，举手大哭，幸而大人转身去救，未遭没顶。这光景大类一幅水灾图。看了这图，使人想起最近黄河长江流域各处的水灾，败兴而归。

廿三〔1934〕年中秋日作

车 厢 社 会

我第一次乘火车,是在十六七岁时,即距今二十余年前。虽然火车在其前早已通行,但吾乡离车站有三十里之遥,平时我但闻其名,却没有机会去看火车或乘火车。十六七岁时,我毕业于本乡小学,到杭州去投考中等学校,方才第一次看到又乘到火车。以前听人说:"火车厉害得很,走在铁路上的人,一不小心,身体就被碾作两段。"又听人说:"火车快得邪气[①],坐在车中,望见窗外的电线木如同栅栏一样。"我听了这些话而想象火车,以为这大概是炮弹流星似的凶猛唐突的东西,觉得可怕。但后来看到了,乘到了,原来不过尔尔。天下事往往如此。

自从这一回乘了火车之后,二十余年中,我对火车不断地发

---

① 快得邪气,上海一带方言,意即快得很,非常快。

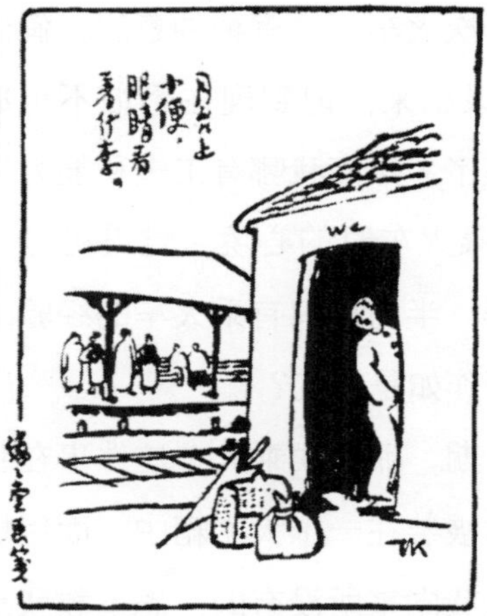

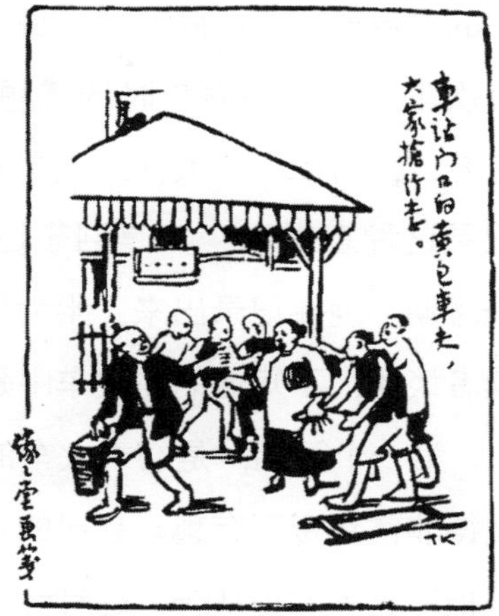

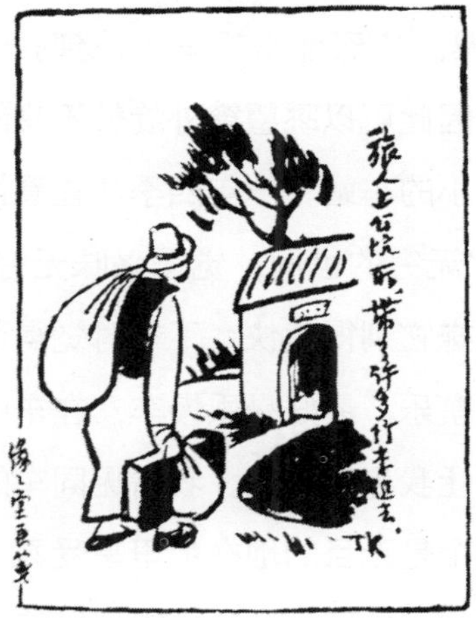

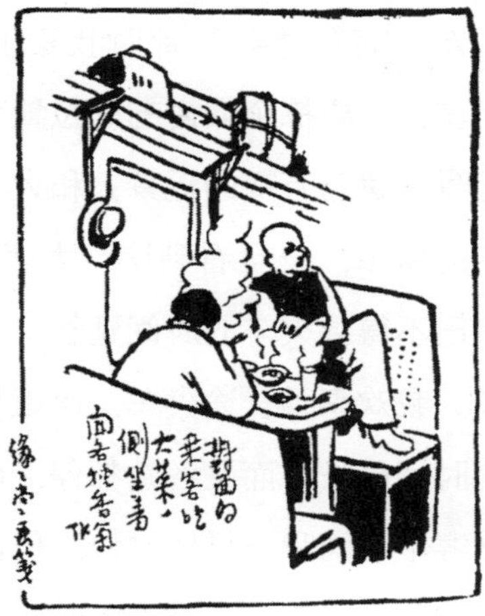

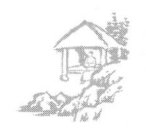

生关系。至少每年乘三四次，有时每月乘三四次，至多每日乘三四次。（不过这是从江湾到上海的小火车）一直到现在，乘火车的次数已经不可胜计了。每乘一次火车，总有种种感想。倘得每次下车后就把乘车时的感想记录出来，记到现在恐怕不止数百万言，可以出一大部乘火车全集了。然而我哪有工夫和能力来记录这种感想呢？只是回想过去乘火车时的心境，觉得可分三个时期。现在记录出来，半为自娱，半为世间有乘火车的经验的读者谈谈，不知他们在火车中是否作如是想的？

　　第一个时期，是初乘火车的时期。那时候乘火车这件事在我觉得非常新奇而有趣。自己的身体被装在一个大木箱中，而用机械拖了这大木箱狂奔，这种经验是我向来所没有的，怎不教我感到新奇而有趣呢？那时我买了车票，热烈地盼望车子快到。上了车，总要拣个靠窗的好位置坐。因此可以眺望窗外旋转不息的远景，瞬息万变的近景，和大大小小的车站。一年四季住在看惯了的屋中，一旦看到这广大而变化无穷的世间，觉得兴味无穷。我巴不得乘火车的时间延长，常常嫌它到得太快，下车时觉得可惜。我欢喜乘长途火车，可以长久享乐。最好是乘慢车，在车中的时间最长，而且各站都停，可以让我尽情观赏。我看见同车的旅客个个同我一样地愉快，仿佛个个是无目的地在那里享受乘火车的新生活的。我看见各车站都美丽，仿佛个个是桃源仙境的入口。其中汗流满背地扛行李的人，喘息狂奔的赶火车的人，急急忙忙地背着箱笼下车的人，拿着红绿旗子指挥开车的人，在我看来仿佛都干着有兴味的游戏，或者在那里演剧。世间真是一大欢乐场，乘火车真是一件愉快不过的乐事！可惜这时期很短促，不久乐事就变为苦事。

第二个时期，是老乘火车的时期。一切都看厌了，乘火车在我就变成了一桩讨厌的事。以前买了车票热烈地盼望车子快到。现在也盼望车子快到，但不是热烈地而是焦灼地。意思是要它快些来载我赴目的地。以前上车总要拣个靠窗的好位置，现在不拘，但求有得坐。以前在车中不绝地观赏窗内窗外的人物景色，现在都不要看了，一上车就拿出一册书来，不顾环境的动静，只管埋头在书中，直到目的地的达到。为的是老乘火车，一切都已见惯，觉得这些千篇一律的状态没有什么看头。不如利用这冗长无聊的时间来用些功。但并非欢喜用功，而是无可奈何似的用功。每当看书疲倦起来，就埋怨火车行得太慢，看了许多书才走得两站！这时候似觉一切乘车的人都同我一样，大家焦灼地坐在车厢中等候到达。看到凭在车窗上指点谈笑的小孩子，我鄙视他们，觉得这班初出茅庐的人少见多怪，其浅薄可笑。有时窗外有飞机驶过，同车的人大家立起来观望，我也不屑从众，回头一看立刻埋头在书中。总之，那时我在形式上乘火车，而在精神上仿佛遗世独立，依旧笼闭在自己的书斋中。那时候我觉得世间一切枯燥无味，无可享乐，只有沉闷、疲倦和苦痛，正同乘火车一样。这时期相当地延长，直到我深入中年时候而截止。

第三个时期，可说是惯乘火车的时期。乘得太多了，讨嫌不得许多，还是逆来顺受罢。心境一变，以前看厌了的东西也会重新有起意义来，仿佛"温故而知新"似的。最初乘火车是乐事，后来变成苦事，最后又变成乐事，仿佛"返老还童"似的。最初乘火车欢喜看景物，后来埋头看书，最后又不看书而欢喜看景物了。不过这会的欢喜与最初的欢喜性状不同：前者所见都是可喜的，后者所见却大多数是可惊的，可笑的，可悲的。不过在可惊可笑可悲的发见上，感到一种比埋头看书更多的兴味而已。故前者的欢喜是真的"欢喜"，若译英语可用 happy 或 merry。后者却只是 like 或 fond of①，不是真心的欢乐。实际，这原是比较而来的；因为看书实在没有许多好书可以使我集中兴味而忘却乘火车的沉闷。而这车厢社会里的种种人间相倒是一部活的好书，会时时向我展出新颖的 page〔篇页〕来。惯乘火车的人，大概对我这话多少有些儿同感的吧！

不说车厢社会里的琐碎的事，但看各人的座位，已够使人惊叹了。同

---

① happy 和 merry 是指心情的愉快、欢乐；like 和 fond of 则是指喜爱。

是买一张票的,有的人老实不客气地躺着,一人占有了五六个人的位置。看见找寻坐位的人来了,把头向着里,故作鼾声,或者装作病人,或者举手指点那边,对他们说"前面很空,前面很空"。和平谦虚的乡下人大概会听信他的话,让他安睡,背着行李向他所指点的前面去另找"很空"的位置。有的人教行李分占了自己左右的两个位置,当作自己的卫队。若是方皮箱,又可当作自己的茶几。看见找坐位的人来了,拼命埋头看报。对方倘不客气地向他提出:"对不起,先生,请你的箱子放在上面了,大家坐坐!"他会指着远处打官话拒绝他:"那边也好坐,你为什么一定要坐在这里?"说过管自看报了。和平谦让的乡下人大概不再请求,让他坐在行李的护卫中看报,抱着孩子向他指点的那边去另找"好坐"的地方了。有的人没有行李,把身子扭转来,教一个屁股和一只大腿占据了两个人的座位,而悠闲地凭在窗中吸烟。他把大乌龟壳似的一个背部向着他的右邻,而用一只横置的左大腿来拒远他的左邻[①]。这大腿上面的空间完全归他所有,可在其中从容地抽烟,看报。逢到找寻坐位的人来了,把报纸堆在大腿上,把头钻出窗外,只作不闻不见。还有一种人,不取大腿的策略,而用一册书和一个帽子放在自己身旁的座位上。找座位的人倘来请他拿开,就回答他说"这里有人"。和平谦虚的乡下人大概会听信他,留这空位给他那"人"坐,扶着老人向别处去

[①] 旧时火车车厢的座位是直排的,即两旁靠窗各一长排,中间背靠背两长排。

另找座位了。找不到座位时,他们就把行李放在门口,自己坐在行李上,或者抱了小孩,扶了老人站在 W.C.①的门口。查票的来了,不干涉躺着的人,以及用大腿或帽子占座位的人,却埋怨坐在行李上的人和抱了小孩扶了老人站在 W.C. 门口的人阻碍了走路,把他们骂脱几声。

我看到这种车厢社会里的状态,觉得可惊,又觉得可笑,可悲。可惊者,大家出同样的钱,购同样的票,明明是一律平等的乘客,为什么会演出这般不平等的状态?可笑者,那些强占座位的人,不惜装腔、撒谎,以图一己的苟安,而后来终得舍去他的好位置。可悲者,在这乘火车的期间中,苦了那些和平谦虚的乘客,他们始终只得坐在门口的行李上,或者抱了小孩,扶了老人站在 W.C. 的门口,还要被查票者骂脱几声。

在车厢社会里,但看座位这一点,已足使我惊叹了。何况其他种种的花样。总之,凡人间社会里所有的现状,在车厢社会中都有其缩图。故我们乘火车不必看书,但把车厢看作人间世的模型,足够消遣了。

回想自己乘火车的三时期的心境,也觉得可惊,可笑,又可悲。可惊者,从初乘火车经过老乘火车,而至于惯乘火车,时序的递变太快!可笑者,乘火车原来也是一件平常的事。幼时认为"电线同木栅栏一样",车站同桃源一样,固然可笑,后来

---

① W.C.,英语 Water Closet 的缩写,意即厕所。

那样地厌恶它而埋头于书中,也一样地可笑。可悲者,我对于乘火车不复感到昔日的欢喜,而以观察车厢社会里的怪状为消遣,实在不是我所愿为之事。

于是我憧憬于过去在外国时所乘的火车。记得那车厢中很有秩序,全无现今所见的怪状。那时我们在车厢中不解众苦,只觉旅行之乐。但这原是过去已久的事,在现今的世间恐怕不会再见这种车厢社会了。前天同一位朋友从火车上下来,出车站后他对我说了几句新诗似的东西,我记忆着。现在抄在这里当作结尾:

  人生好比乘车:
  有的早上早下,
  有的迟上迟下,
  有的早上迟下,
  有的迟上早下。
  上了车纷争座位,

下了车各自回家。

在车厢中留心保管你的车票,

下车时把车票原物还他。

廿四〔1935〕廿三月廿六日

放　生

　　一个温和晴爽的星期六下午，我与一青年君及两小孩①四人从里湖雇一叶西湖船，将穿过西湖，到对岸的白云庵去求签，为的是我的二姐为她的儿子择配，已把媒人拿来的八字②打听得满意，最后要请白云庵里的月下老人代为决定，特写信来嘱我去求签。这一天下午风和日暖，景色宜人，加之是星期六，人意格外安闲；况且为了喜事而去，倍觉欢欣。这真可谓天时地利人和三难合并，人生中是难得几度的！

　　我们一路谈笑，唱歌，吃花生米，弄桨，不觉船已摇到湖的中心。但见一条狭狭的黑带远远地围绕着我们，此外上下四方

---

① 一青年君，是作者的学生鲍慧和；两小孩，是作者的女儿阿宝和软软。
② 八字，这里指媒人拿给男方的红帖子上用花甲子写的女子出生年、月、日、时，共八个字，故名。

都是碧蓝的天,和映着碧天的水。古人诗云:"春水船如天上坐。"我觉得我们在形式上"如天上坐",在感觉上又像进了另一世界。因为这里除了我们四人和舟子一人外,周围都是单纯的自然,不闻人声,不见人影。仅由我们五人构成一个单纯而和平、寂寥而清闲的小世界。这景象忽然引起我一种没来由的恐怖:我假想现在天上忽起狂风,水中忽涌巨浪,我们这小世界将被这大自然的暴力所吞灭。又假想我们的舟子是《水浒传》里的三阮之流,忽然放下桨,从船底抽出一把大刀来,把我们四人一一砍下水里去,让他一人独占了这世界。但我立刻感觉这种假想的没来由。天这样晴明,水这样平静,我们的舟子这样和善,况且白云庵的粉墙已像一张卡片大小地映入我们的望中了。我就停止妄想,和同坐的青年闲谈远景的看法,云的曲线的画法。坐在对方的两小孩也回转头去观察那些自然,各述自己所见的画意。

忽然,我们船旁的水里轰然一响,一件很大的东西从上而下,落入坐在我旁边的青年的怀里,而且在他怀里任情跳跃,忽而捶他的胸，忽而批他的颊，一息不停，使人一时不能辨别这是什么东西。在这一刹那间，我们四人大家停止了意识，入了不知所云的三昧境，因为那东西突如其来，大家全无预防，况且为从来所未有的经验，所以四人大家发呆了。这青年瞪目垂手而坐，不说不动，一任那大东西在他怀中大肆活动。他并不素抱不抵抗主义。今所以不动者，大概一则为了在这和平的环境中万万想不到需要抵抗；二则为了未知来者是谁及应否抵抗，所以暂时不动。我坐在他的身旁，最初疑心他发羊癫疯，忽然一人打起拳来；后来才知道有物在那里打他，但也不知为何物，一时无法营救。对方二小孩听得暴动的声音，始从自然美欣赏中转过头来，也惊惶得说不出话。这奇怪的沉默持续了约三四秒钟，始被船尾上的舟子来打破，他喊道：

"捉牢，捉牢！放到后艄里来！"

这时候我们都已认明这闯入者是一条大鱼。自头至尾约有二尺多长。它若非有意来搭我们的船，大约是在湖底里躲得沉闷，也学一学跳高，不意跳入我们的船里的青年的怀中了。这青年认明是鱼之后，就本能地听从舟子的话，伸手捉牢它。但鱼身很大又很滑，再三擒拿，方始捉牢。滴滴的鱼血染遍了青年的两手和衣服，又溅到我的衣裾上。这青年尚未决定处置这俘虏的方法，两小孩看到血滴，一齐对他请愿：

"放生！放生！"

同时舟子停了桨，靠近他背后来，连叫：

"放到后艄里来！ 放到后艄里来！"

我听舟子的叫声，非常切实，似觉其口上带着些涎沫的。他虽然靠近这青年，而又叫得这般切实，但其声音在这青年的听觉上似乎不及两小孩的请愿声的响亮，他两手一伸，把这条大鱼连血抛在西湖里了。它临去又作一小跳跃，尾巴露出水来向两小孩这方面一挥，就不知去向了。船舱里的四人大家欢喜地连叫："好啊！ 放生！"船艄里的舟子隔了数秒钟的沉默，才回到他的座位里重新打桨，也欢喜地叫："好啊！ 放生！"然而不再连叫。我在舟子的数秒钟的沉默中感到种种的不快。又在他的不再连叫之后觉得一种不自然的空气涨塞了我们的一叶扁舟。水天虽然这般空阔，似乎与我们的扁舟隔着玻璃，不能调剂其沉闷。是非之念充满了我的脑中。我不知道这样的鱼的所有权应该是属谁的。但想象这鱼倘然迟跳了数秒钟，跳进船艄里去，一定依照舟子的意见而被处置，今晚必为盘中之肴无疑。为鱼的生命着想，它这一跳是不幸中之幸。但为舟子着想，却是幸中之不幸。这鱼的价值可达一元左右，抵得

两三次从里湖划到白云庵的劳力的代价。这不劳而获的幸运得而复失，在我们的舟子是难免一会儿懊恼的。于是我设法安慰他："这是跳龙门的鲤鱼，鲤鱼跳进你的船里，你——（我看看他，又改了口）你的儿子好做官了。"他立刻欢喜了，喀喀地笑着回答我说："放生有福，先生们都发财！"接着又说："我的儿子今年十八岁，在××衙门里当公差，××老爷很欢喜他呢。""那么将来一定可以做官！那时你把这船丢了，去做老太爷！"船舱里和船艄里的人大家笑了。刚才涨塞在船里的沉闷的空气，都被笑声驱散了。船头在白云庵靠岸的时候，大家已把放生的事忘却。最后一小孩跨上了岸，回头对舟子喊道："老太爷再会！"岸上的人和船里的人又都笑起来。我们一直笑到了月下老人的祠堂里。

我们在月下老人的签筒里摸了一张"何如？子曰，同也。"的签，搭公共汽车回寓，天已经黑了。

廿四〔1935〕年三月二日于杭州

半篇莫干山游记

前天晚上,我九点钟就寝后,好像有什么求之不得似的只管辗转反侧,不能入睡。到了十二点钟模样,我假定已经睡过一夜,现在天亮了,正式地披衣下床,到案头来续写一篇将了未了的文稿。写到二点半钟,文稿居然写完了,但觉非常疲劳。就再假定已经度过一天,现在天夜了,再卸衣就寝。躺下身子就酣睡。

次日早晨还在酣睡的时候,听得耳边有人对我说话:"Z先生[①]来了!Z先生来了!"是我姐的声音。我睡眼蒙胧地跳起身来,披衣下楼,来迎接Z先生。Z先生说:"扰你清梦!"我说:"本来早已起身了。昨天写完一篇文章,写到了后半夜,所以起得迟了。失迎失迎!"下面就是寒暄。他是昨夜到杭州的,免得

---

① Z先生,按即谢先生,指谢颂羔。

夜间敲门，昨晚宿在旅馆里。今晨一早来看我，约我同到莫干山去访 L 先生①。他知道我昨晚写完了一篇文稿，今天可以放心地玩，欢喜无量，兴高采烈地叫："有缘！ 有缘！ 好像知道我今天要来的！"我也学他叫一遍："有缘！ 有缘！ 好像知道你今天要来的！"

我们寒暄过，喝过茶，吃过粥，就预备出门。我提议："你昨天到杭州已夜了。没有见过西湖，今天得先去望一望。"他说："我是生长在杭州的，西湖看腻了。我们就到莫干山吧。""但是，赴莫干山的汽车几点钟开，你知道吗？""我不知道。横竖汽车站不远，我们撞去看。有缘，便搭了去；倘要下午开，我们再去玩西湖。""也好，也好。"他提了带来的皮包，我空手，就出门了。

黄包车拉我们到汽车站。我们望见站内一个待车人也没有，只有一个站员从窗里探头出来，向我们慌张地问："你们到哪里？"我说："到莫干山，几点钟有车？"他不等我说完，用手指着买票处乱叫："赶快买票，就要开了。"我望见里面的站门口，赴莫干山的车子已在咕噜咕噜地响了。我有些茫然：原来我以为这几天莫干山车子总是下午开的，现在不过来问钟点而已，所以空手出门，连速写簿都不曾携带。但现在真是"缘"了，岂可错过？我便买票，匆匆地拉了 Z 先生上车。上了车，车子就向绿野中驰去。

---

① L 先生，按即李先生，指李圆净。

坐定后，我们相视而笑。我知道他的话要来了。果然，他又兴高采烈地叫："有缘！有缘！我们迟到一分钟就赶不上了！"我附和他："多吃半碗粥就赶不上了！多撒一场尿就赶不上了！有缘！有缘！"车子声比我们的说话声更响，使我们不好多谈"有缘"。只能相视而笑。

开驶了约半点钟，忽然车头上"哧"的一声响，车子就在无边的绿野中间的一条黄沙路上停下了。司机叫一声"葛娘！①"跳下去看。乘客中有人低声地说："毛病了！"司机和卖票人观察了车头之后，交互地连叫"葛娘！葛娘！"我们就知道车子的确有毛病了。许多乘客纷纷地起身下车，大家围集到车头边去看，同时问司机："车子怎么了？"司机说："车头底下的螺旋钉落脱了！"说着向车子后面的路上找了一会，然后负着手站在黄沙路旁，向绿野中眺望，样子像个"雅人"。乘客赶上去问他："喂，究竟怎

---

① 葛娘，即"个娘"，江南一带的骂人话，相当于"妈的"。

么了！车子还可以开否？"他回转头来，沉下了脸孔说："开不动了！"乘客喧哗起来："抛锚了！这怎么办呢？"有的人向四周的绿野环视一周，苦笑着叫："今天要在这里便中饭了！"咕噜咕噜了一阵之后，有人把正在看风景的司机拉转来，用代表乘客的态度，向他正式质问善后办法："喂！那么怎么办呢？你可不可以修好它？难道把我们放生了？"另一个人就去拉司机的臂："嗳！你去修吧！你去修吧！总要给我们开走的。"但司机摇摇头，说："螺旋钉落脱了，没有法子修的。等有来车时，托他们带信到厂里去派人来修吧。总不会叫你们来这里过夜的。"乘客们听见"过夜"两字，心知这抛锚非同小可，至少要耽搁几个钟头了，又是咕噜咕噜了一阵。然而司机只管向绿野看风景，他们也无可奈何他。于是大家懒洋洋地走散去。许多人一边踱，一边骂司机，用手指着他说："他不会修的，他只会开开的，饭桶！"那"饭桶"最初由他们笑骂，后来远而避之，一步一步地走进路旁的绿荫中，或"矫首而遐观"，或"抚孤松而盘桓"，态度越悠闲了。

等着了回杭州的汽车，托他们带信到厂里，由厂里派机器司务来修，直到修好，重开，其间约有两小时之久。在这两小时间，荒郊的路上演出了恐怕是从来未有的热闹。各种服装的乘客——商人、工人、洋装客、摩登女郎、老太太、小孩、穿制服的学生、穿军装的兵，还有外国人——在这抛了锚的公共汽车的四周低徊巡游，好像是各阶级派到民间来复兴农村的代表。最初大家站在车身旁边，好像群儿舍不得母亲似的。有的人把车头抚摩一下，叹一口气；有的人用脚在车轮上踢几下，骂它一声；有的人俯下身子来观察车头下面缺了螺旋钉的地方；又向别处检探，似乎想检出一个螺旋钉来，立刻配上，使它重新驶行。最好笑的是那个兵，他带着手枪雄赳赳地站在车旁，愤愤地骂，似乎想拔出手枪来强迫车子走路。然而他似乎知道手枪耍不过螺旋钉，终于没有拔出来，只是骂了几声"妈的"。那公共汽车老大不才地站在路边，任人骂它"葛娘"或"妈的"，只是默然。好像自知有罪，被人辱及娘或妈也只得忍受了。它的外形还是照旧，尖尖的头，矮矮的四脚，庞然的大肚皮，外加簇新的黄外套，样子神气活现。然而为了内部缺少了小指头大的一只螺旋钉，竟暴卒在荒野中的路旁，任人辱骂！

　　乘客们骂过一会之后，似乎悟到了骂死尸是没有用的，大家向四野走开去。有的赏风景，有的讲地势，有的从容地蹲在田间大便。一时间光景大变，似乎大家忘记了车子抛锚的事件，变成picnic〔郊游〕的一群。我和Z先生原是来玩玩的，万事随缘，一向不觉得惆怅。我们望见两个时髦的都会之客走到路边的朴陋的茅屋边，映成强烈的对照，便也走到茅屋旁边去参观。Z先生的话又来了："这也是缘！这也是缘！不然，我们哪得参观这些茅屋的机会呢？"他就同闲坐在茅屋门口的老妇人攀谈起来。

　　"你们这里有几份人家？"

　　"就是我们两家。"

"那么，你们出市很不便，到哪里去买东西呢？"

"出市要到两三里外的××。但是我们不大要买东西。乡下人有得吃些施算了。"

"这是什么树？"

"樱桃树，前年种的，今年已有果子吃了。你看，枝头上已经结了不少。"

我和Z先生就走过去观赏她家门前的樱桃树。看见青色的小粒子果然已经累累满枝了，大家赞叹起来。我只吃过红了的樱桃，不曾见过枝头上青青的樱桃。只知道"红了樱桃，绿了芭蕉"的颜色对照的鲜美，不知道樱桃是怎样红起来的。一个月后都市里绮窗下洋瓷盆里盛着的鲜丽的果品，想不到就是在这种荒村里茅屋前的枝头上由青青的小粒子守红来的。我又惦记起故乡缘缘堂来。前年我在堂前手植一株小樱桃树，去年夏天枝叶甚茂，却没有结子。今年此刻或许也有青青的小粒子缀在枝头上了。我无端地离去了缘缘堂来作杭州的寓公，觉得有些对它们不起。然而幸亏如此，缘缘

堂和小樱桃现在能给我甘美的回忆。倘然一天到晚摆在我的眼前，恐怕不会给我这样的好感了。这是我的弱点，也是许多人共有的弱点。也许不是弱点，是人类习性之一，不在目前的状态比目前的状态可喜；或是美的条件之一，想象比现实更美。我出神地对着樱桃树沉思，不知这一期间Z先生和那老妇人谈了些什么话。

原来他们已谈得同旧相识一般，那老妇人邀我们到她家去坐了。我们没有进去，但站在门口参观她的家。因为站在门口已可一目了然地看见她的家里，没有再进去的必要了。她家里一灶，一床，一桌，和几条长凳，还有些日用上少不得的零零碎碎的物件。一切公开，不大有隐藏的地方。衣裳穿在身上了，这里所有的都是吃和住所需要的最起码的设备，除此以外并无一件看看的或玩玩的东西。我对此又想起了自己的家里来。虽然我在杭州所租的是连家具的房子，打算暂住的，但和这老妇人的永远之家比较起来，设备复杂得不可言。我们要有写字桌，有椅子，有玻璃窗，有洋台，有电灯，有书，有文具，还要有壁上装饰的书画，真是太啰嗦了！近年来励行躬自薄而厚遇于人的Z先生看了这老妇人之家，也十分叹佩。因此我又想起了某人题行脚头陀图像的两句："一切非我有，放胆而走。"这老妇人之家究竟还"有"，所以还少不了这扇柴门，还不能放胆而走。只能使度着啰嗦的生活的我和Z先生看了十分叹佩而已。实际，我们的生活在中国总算是啰嗦的了。据我在故乡所见，农人、工人之家，除了衣食住的起码设备以外，极少有赘余的东西。我们一乡之中，这样的人家占大多数。我们一国之中，这样的乡镇又占大多数。我们是在大多数简陋生活的人中度着啰嗦生活的人；享用了过些啰嗦的供给的人，对于世间有什么相当的贡献呢？我们这国家的基础，还是建设在大多数简陋生活的工农上面的。

望见抛锚的汽车旁边又有人围集起来了，我们就辞了老妇人走到车旁。原来没有消息，只是乘客等得厌倦，回到车边来再骂脱几声，以解烦闷。有的人正在责问司机："为什么机器司务还不来？""你为什么不乘了他们的汽车到站头上去打电话？快得多哩！"但司机没有什么话回答，只是向那条漫漫的长路的杭州方面的一端盼望了一下。许多乘客大家时时向这方面盼望，正像大旱之望云霓。我也跟着众人向这条路上盼望了几下。那"青天漫漫覆长路"的印象，到现在还历历在目，可以画得出来。那时我们所盼望的是一架小车，载着一个精明干练的机器司务，带了一包螺旋钉和修理工具，从地平线上飞驰而来；立刻把病车修好，载了乘客重登前程。我们好比遭了难的船漂泊在大海中，渴望着救生船的来到。我觉得我们有些惭愧：同样是人，我们只能坐坐的，司机只能开开的。

久之，久之，彼方的地平线上涌出一黑点，渐渐地大起来。"来了！来了！"我们这里发出一阵愉快的叫声。然而开来的是一辆极漂亮的新式小汽车，飞也似的通过了我们这病车之旁而长逝。只留下些汽油气和香水气给我们闻闻。我们目送了这辆"油壁香车"之后，再回转头来盼望我们的黑点。久之，久之，地平线上果然又涌出了一个黑点。"这回一定是了！"有人这样叫，大家伸长了脖子翘盼。但是司机说："不是，是长兴班。"果然那黑点渐大起来，变成了黄点，又变成了一辆公共汽车而停在我们这病车的后面了。这是司机唤他们停的。他问他们有没有救我们的方法，可不可以先分载几十客人去。那车上的司机下车来给我们的病车诊察了一下，摇摇头上车去。许多客人想拥上这车去，然而车中满满的，没有一个空座位，都被拒绝出来。那卖票的把门一关，立刻开走。车中的人从玻璃窗内笑着回顾我们。我们呢，站在黄沙路边上蹙着眉头目送他们，莫得同车归，自己觉得怪可怜的。

后来终于盼到了我们的救星。来的是一辆破旧不堪的小篷车。里面走出一个浑身龌龊的人来。他穿着一套连裤的蓝布的工人服装，满身是油污，头戴一顶没有束带的灰色呢帽，脸色青白而处处涂着油污，望去与呢帽分别不出。脚上穿一双橡皮底的大皮鞋，手中提着一只荷包。他下了篷车，大踏步走向我们的病车头上来。大家让他路，表示起敬。又跟了他到车头前去看他显本领。他到车头前就把身体仰卧在地上，把头钻进车底下去。我在车边望去，看到的仿佛是汽车闯祸时的可怕的样子。过了一会他钻出来，立起身来，摇摇头说："没有这种螺旋钉。带来的都配不上。"乘客和司机都着起急来："怎么办呢？你为什么不多带几种来？"他又摇摇头说："这种螺旋厂里也没有，要定做的。"听见这话的人都慌张了。有几十人几乎哭得出来。然而机器司务忽然计上心来。他对司机说："用木头做！"司机哭丧着脸说："木头呢？刀呢？你又没带来。"机器司务向四野一望，断然地说道："同老百姓想法！"就放下手中的荷包，径奔向那两间茅屋。他借了一把厨刀和一根硬柴回来，就在车头旁边削起来。茅屋里的老妇人另拿一根硬柴走过来，说怕那根是空心的，用不得，所以再送一根来。机器司务削了几刀之后，果然发见他拿的一根是空心的，就改用了老归人手里的一根。这时候打了圈子监视着的乘客，似乎大家感谢机器司务和那老妇人。衣服丽都或身带手枪的乘客，在这时候只得求教于这个龌龊的工人；堂堂的杭州汽车厂，在这时候只得乞助于荒村中的老妇人；物质文明极盛的都市里开来的汽车，在这时候也要向这起码设备的茅屋里去借用工具。乘客靠司机，司机靠机器司务，机器司务终于靠老百姓。

机器司务用茅屋里的老妇人所供给的工具和材料，做成了一只代用的螺旋钉，装在我们的病车上，病果然被他治愈了。于是司机又高高地坐到他那主

席的座位上，开起车来；乘客们也纷纷上车，各就原位，安居乐业，车子立刻向前驶行。这时候春风扑面，春光映目，大家得意洋洋地观赏前途的风景，不再想起那龌龊的机器司务和那茅屋里的老妇人了。

我同 Z 先生于下午安抵朋友 L 先生的家里，玩了数天回杭。本想写一篇"莫干山游记"，然而回想起来，觉得只有去时途中的一段可以记述，就在题目上加了"半篇"两字。

廿四〔1935〕年四月二十二日于杭州

山中避雨

前天同了两女孩到西湖山中游玩，天忽下雨。我们仓皇奔走，看见前方有一小庙，庙门口有三家村，其中一家是开小茶店而带卖香烛的。我们趋之如归。茶店虽小，茶也要一角钱一壶。但在这时候，即使两角钱一壶，我们也不嫌贵了。

茶越冲越淡，雨越落越大。最初因游山遇雨，觉得扫兴；这时候山中阻雨的一种寂寥而深沉的趣味牵引了我的感兴，反觉得比晴天游山趣味更好。所谓"山色空蒙雨亦奇"，我于此体会了这种境界的好处。然而两个女孩子不解这种趣味，她们坐在这小茶店里躲雨，只是怨天尤人，苦闷万状。我无法把我所体验的境界为她们说明，也不愿使她们"大人化"而体验我所感的趣味。

茶博士坐在门口拉胡琴。除雨声外，这是我们当时所闻的唯一的声音。拉的是《梅花三弄》，虽然声音摸得不大正确，拍子

还拉得不错。这好像是因为顾客稀少,他坐在门口拉这曲胡琴来代替收音机作广告的。可惜他拉了一会就罢,使我们所闻的只是嘈杂而冗长的雨声。为了安慰两个女孩子,我就去向茶博士借胡琴。"你的胡琴借我弄弄好不好?"他很客气地把胡琴递给我。

我借了胡琴回茶店,两个女孩很欢喜。"你会拉的? 你会拉的?"我就拉给她们看。手法虽生,音阶还摸得准。因为我小时候曾经请我家邻近的柴主人[①]阿庆教过《梅花三弄》,又请对面弄内一个裁缝司务大汉教过胡琴上的工尺。阿庆的教法很特别,他只是拉《梅花三弄》给你听,却不教你工尺的曲谱。他拉得很熟,但他不知工尺。我对他的拉奏望洋兴叹,始终学他不来。后来知道大汉识字,就请教他。他把小工调、正工调的音阶位置写了一张纸给我,我的胡琴拉奏由此入门。现在所以能够摸出正确的音阶者,一半由于以前略有摸 violin〔小提琴〕的经验,一半仍是

---

① 柴主人,在作者家乡指替农民称柴并介绍顾主、从中收取少量佣金的人。

根基于大汉的教授的。在山中小茶店里的雨窗下，我用胡琴从容地（因为快了要拉错）拉了种种西洋小曲。两女孩和着了歌唱，好像是西湖上卖唱的，引得三家村里的人都来看。一个女孩唱着《渔光曲》，要我用胡琴去和她。我和着她拉，三家村里的青年们也齐唱起来，一时把这苦雨荒山闹得十分温暖。我曾经吃过七八年音乐教师饭，曾经用 piano〔钢琴〕伴奏过混声四部合唱，曾经弹过 Beethoven〔贝多芬〕的 sonata〔奏鸣曲〕。但是有生以来，没有尝过今日般的音乐的趣味。

　　两部空黄包车拉过，被我们雇定了。我付了茶钱，还了胡琴，辞别三家村的青年们，坐上车子。油布遮盖我面前，看不见雨景。我回味刚才的经验，觉得胡琴这种乐器很有意思。piano 笨重如棺材，violin 要数十百元一具，制造虽精，世间有几人能够享用呢？ 胡琴只要两三角钱一把，虽然音域没有 violin 之广， 也尽够演奏寻常小曲。虽然音色不比 violin 优美，装配得法，其发音也还可听。这种乐器在我国民间很流行，剃头店里有之，裁缝店里有之，江北船上有之，三家村里有之。倘能多造几个简易而高尚的胡琴曲，使像《渔光曲》一般流行于民间，其艺术陶冶的效果，恐比学校的音乐课广大得多呢。我离去三家村时，村里的青年们都送我上车，表示惜别。我也觉得有些儿依依。（曾经搪塞他们说："下星期再来！"其实恐怕我此生不会再到这三家村里去吃茶且拉胡琴了。）若没有胡琴的因缘，三家村里的青年对于我这路人有何惜别之情，而我又有何依依于这些萍水相逢的人呢？古语云："乐以教和。"我做了七八年音乐教师没有实证过这句话，不料这天在这荒村中实证了。

廿四〔1935〕年秋日作，曾载《新中华》

西 湖 船[①]

二十年来，西湖船的形式变了四次，我小时在杭州读书，曾经傍着西湖住过五年。毕业后供职上海，春秋佳日也常来游。现在蛰居家乡，离杭很近，更常到杭州小住。因此我亲眼看见西湖船的逐渐变形。每次坐到船里，必有一番感想。但每次上了岸就忘记，不再提起。今天又坐了西湖船回来，心绪殊恶，就拿起笔来，把感想记录一下。西湖船的形式，二十年来变了四次，但是愈变愈坏。

西湖船的基本形式，是有白篷的两头尖的扁舟。这至今还是不变。常变的是船舱里的客人的座位。二十年前，西湖船的座位是一条藤穿的长方形木框。背后有同样藤穿的长方形木框，当作

[①] 本篇原载1936年3月16日《宇宙风》第2卷第13期，署名：子恺。

靠背。这些木框涂着赭黄的油漆,与船身为同色或同类色,分明地表出它是这船的装置的一部分。木框上的藤,穿成冰梅花纹样。每一小孔都通风,一望而知为软软的坐垫与靠背,因此坐下去心地是很好的。靠背对坐垫的角度,比九十度稍大——大约一百度。既不像旧式厅堂上的太师椅子那么竖得笔直,使人坐了腰痛;也不像醉翁椅子那么放得平坦,使人坐了起不身来。靠背的木框,像括弧般微微向内弯曲,恰好切合坐者的背部的曲线。因此坐下去身体是很舒服的。原来游玩这件事体,说它近于旅行,又不愿像旅行那么肯吃苦;说不得它类似休养,又不愿像休养那么贪懒惰。故西湖船的原始的(姑且以我所见为主,假定二十年前的为原始的)形式,我认为是最合格的游船形式。倘然座位再简陋,换了木板条,游人坐下去就嫌吃力;倘然座位再舒服,索性换了醉翁椅,游人躺下去又嫌萎靡,不适于观赏山水了。只有那种藤穿的木框,使游人坐下去软软的,靠上去又软软的,而身体姿势又像坐在普通凳子上一般,可以自由转侧,可以左顾右盼。何况它们的形状,质料与颜色,又与船的全部十分调和,先给游人以

恰好的心情呢！二十年前，当我正在求学的时候，西湖里的船统是这种形式的。早春晚秋，船价很便宜，学生的经济力也颇能胜任。每逢星期日，出三四毛钱雇一只船，载着二三同学，数册书，一壶茶，几包花生米与几个馒头，便可悠游湖中，尽一日之长。尤其是那时候的摇船人，生活很充裕，样子很写意，一面打桨，一面还有心情对我们闲谈自己的家庭，西湖的掌故，以及种种笑话。此情此景，现在回想了不但可以神往，还可以凭着追忆而写几幅画，吟几首诗呢。因为那种船的座位好，坐船的人姿势也好；摇船人写意，坐船人更加写意，随时随地可以吟诗入画。"野航恰受两三人"。"恰受"两字的状态，在这种船上最充分地表出着。

我离杭后，某年春，到杭游西湖，忽然发现有许多船的座位变了形式。藤式木框被撤去，改用了长的藤椅子，后面也有靠背，两旁又有靠手，不过全体是藤编的。这种藤椅子，坐的地方比以前的加阔，靠边背也比以前的加高，价值上去固然比以前的舒服，但在形式上，殊不及以前的好看。为了船身全是木的，椅子全是藤的，二者配合不甚调和。在人家屋里，木的几桌旁边也常配着藤椅子，并不觉得很不调和。这是屋与船情形不同之故。屋子的场面大，其所要求的统一不甚严格。船的局面小，一望在目，全体浑成一个单位。其样式与质料，当然要求严格的统一。故在广大的房间里，木的几桌旁边放了藤椅子，不觉得十分异样，但在小小的一叶扁舟中放了藤椅，望去似觉这是临时暂置性质的东西，对于船身毫无有机的关系。此外还有一种更大的不快：摇船人为了这两张藤椅子的设备费浩大，常向游客诉苦，希望多给船钱。有的自己告白：为了同业竞争厉害，不得已，当了衣服置备这两只藤椅的。我们回头一看，见他果然穿一件破旧的夹衣，当着料峭的东风，坐在船头上很狭窄的尖角里，为了我们的赏心悦目劳动着。我们的衣服与他的衣服，我们的座位与他的座位，我们的生活与他的生活。同在一叶扁舟之中，相距咫尺之间，两两对比之下，怎不令人心情不快？即使我们力能多给他船钱，这种不快已在游湖时生受了。当时我想：这种藤椅虽然表面光洁平广，使游客的身体感到舒服；但其质料样式缺乏统一性，使游客的眼睛感到不舒服；其来源由于营业竞争的压迫，使游的心情感到更大的不快。得不偿失，西湖船从此变坏了！

其后某年春，我又到杭州游西湖。忽然看见许多西湖船的座位，又变了样式。前此的长藤椅已被撤去，改用了躺藤椅，其表面就同普通人家最常见的躺藤椅一样，这变化比前又进一步，即不但全变了椅的质料，又变了椅的角度。坐船的人若想靠背，非得仰躺下来，把眼睛看着船篷。船篷看厌了，或是想同对面的人谈谈，须得两臂使个劲道，支撑起来，四周悬空地危坐着，让藤靠背像尾巴一般拖在后面。这料想是船家营业竞争愈趋厉害，于是苦心窥察游客贪舒服的心理而创制的。他们看见游湖来的富绅，贵客，公子，小姐，大都脚不着地，手不着物，一味贪图安逸。他们为营生起见，就委曲迎合这种游客的心理，索性在船里放两把躺藤椅，让他们在湖面上躺来躺去，像浮尸一般。我在这里看见了世纪末的痼疾的影迹：十九世纪末的颓废主义的精神，得了近代科学与物质文明的助力，在所谓文明人之间长养了一种贪闲好逸的风习。起居饮食用器什物，处处力求便利；名曰增加工作能率，暗中难免汩没了耐劳习苦的美德，而助长了贪闲好逸的恶习。西湖上自从那种用躺藤椅的游船出现之后，不拘它们在游湖的实用上何等不适宜，在游船的形式上何等不美观，世间自有许多人欢迎它们，使它们风行一时。这不是颓废精神的遗毒所使然吗？正当的游玩，是辛苦的慰安，是工作的预备。这绝不是放逸，更不是养病。但那种西湖船载了仰天躺着的游客而来，我初见时认真当作载来的是一船病人呢。

最近某年春，我又到杭州游西湖，忽然看见许多西湖船的座位又变了形式。前此的藤躺椅已被撤去，改用了沙发。厚得"木老老"①的两块弹簧垫，有的装着雪白的或淡黄的布套；有的装

---

① "木老老"，杭州方言，意即"很"，"十分"。

着紫酱色的皮，皮面上画着斜方形的格子，好像头等火车中的座位。沙发这种东西，不必真坐，看看已够舒服之至了。但在健康人，也许真坐不及看看的舒服。它那脸皮半软半硬，对人迎合得十分周到，体贴得无微不至，有时使人肉麻。它那些弹簧能屈能伸，似抵抗又不抵抗，有时使人难过。这又好似一个陷阱，翻了进去一时爬不起来。故我只有十分疲劳或者生病的时候，懂得沙发的好处；若在健康时，我常觉得看别人坐比自己坐更舒服。但西湖船里装沙发，情形就与室内不同。在实用上说，当然是舒服的：坐上去感觉很温软，与西湖春景给人的感觉相一致。靠背的角度又不像躺藤椅那么大，坐着闲看闲谈也很自然。然而倘把西湖船当作一件工艺品而审察它的形式，这配合就不免唐突。因为这些船身还是旧式的，还是二十年前装藤穿木框的船身，只有座位的部分奇迹地换了新式的弹簧坐垫，使人看了发生"时代错误"之感。若以弹簧坐垫为标准，则船身的形式应该还要造得精密，材料应该还选得细致，油漆应该还要配得美观，船篷应该还要张得整齐，摇船人的脸孔应该还要有血气，不应该如此憔悴；摇船人的衣服应该还要楚楚，不应该教他穿得叫化子一般褴褛。我今天就坐了这样的一只西湖船回来，在船中起了上述的种种感想，上岸后不能忘却。现在就把它们记录在这里。总之西湖船的形式，二十年来，变了四次。但是愈变愈坏，变坏的主要原因，是游客的座位愈变愈舒服，愈变愈奢华；而船身愈变愈旧，摇船人的脸孔愈变愈憔悴，摇船人的衣服愈变愈槛褛。因此形成了许多不调和的可悲的现象，点缀在西湖的骀荡春光之下，明山秀水之中。

廿五〔1936〕年二月廿七日作，曾载《宇宙风》

桂林初面

汽车驶过了黄沙，山水渐渐美丽起来。有的地方一泓碧水，几树灌木，背后衬着青灰色的远山，令人错认为杭州。只是不见垂柳。行近桂林，山形忽然奇特。远望似犬齿，又如盆景中的假山石。我疑心这些山是桂林人用人工砌造起来的。不然，造物者当初一定在这地方闲玩过。他把石头一块块堆积起来，堆成了这奇丽的一圈。后人就在这圈子内建设起桂林城来。

进北门，只见宽广而萧条的市街，和穿灰色布制服的行人。我以为这是市梢，这些是壮丁。谁知直到市中心的中南街，老是宽广萧条的市街和灰色布制服的行人。才知道桂林市街并不繁华，桂林服装一概朴素。穿灰色布制服的，大都是公务人员。后来听人说：这种制服每套不过桂币八元，即法币四元。自省主席以下，桂林公务人员一律穿这种制服。我身上穿的也是灰色衣服，不过是质料较细的中山装。这套中山装是在长沙时由朋友介绍到一所熟识的服装店去定制的。最初老板很客气，拿出一种衣料来，说每套法币四十元，等于桂林制服十套。我不要，说只要十来块钱的。老板的脸孔立刻变色，连我的朋友都弄得没趣。结果定了现在这一套，计法币九元，等于桂林制服二又四分之一套。然而我穿着并不发见二又四分之一倍的功用，反而感觉惭愧：我一个人消耗了二又四分之一个人的衣服！

舍馆未定，先住旅馆。一问价，极普通单铺房间每天三元，普通客饭每客六角。我最初心中吓了一跳。这么高的生活程度，来日如何过去？后来才知道这是桂币的数目，法币又合半数。即房间每天一元五角，还有八折，即一元二角。客饭则每客三角。初到桂林这一天，为了桂币与法币的折算，我们受了许多麻烦。且闹了不少笑话。因为买物打对折习惯了，后来对于别的数目字也打起对折来。有人问旅馆茶房，这里到良丰多少路？茶房回答说四十里。那人便道："那末只有二十里了！"有

人问一杭州人,到桂林多少时日了。杭州人答说三个月。那人便道:"那末你来了一个半月了!"后来大家故意说笑,看见日历上写着六月廿四,故意说道:"那么照我们算,今天是三月十二,总理逝世纪念!"租定了三间平屋,租金每月五十八元,照我们算就是二十九元。这租价比杭州贵,比上海廉。但是家徒四壁,毫无一件家具,倒是一大问题。我想租用。早来桂林虹朋友忠告我,这里没有家具出租,只有买竹器,倒是价廉物美。我就跟他到竹器店。店甚陋,并无家具样子给你看,但见几个工人在那里忙着削竹。一问,床、桌、椅、凳、书架、大菜台……都会做。我们定制了十二人的用具,竹床、竹桌、竹椅、竹凳,应有尽有,共费法币三十余元。在上海,这一笔钱只能买一只沙发,而且不是顶上的。在这里我又替养尊处优的人惭愧。他们一人用的坐具就耗了十二人用的全套家具,他们一人用的全套家具应抵一百二十人的所费。他们对于人类社会的贡献,是否一百二十倍于常人呢?我家束毁时,家具本来粗陋,此种惭愧较少。现在用竹器,也觉得很满足。为了急用,我们分好几处竹器店定制。交涉中,我惊骇于广西民风的朴节。他们为了约期不误,情愿回报生意,不愿欺骗搪塞。三天以后,我们十二人的用具已送到。三间平屋里到处是竹,我们仿佛是"竹器时代"的人了。

我初进旅馆时,凭在楼窗栏上闲眺,看见楼下有一个青年走过,他穿着一件白布短衫,背脊上画一个黑色的大圈。又有二个人走过,也穿着白衣服,背脊上画着许多黑点,好似米派的山水

願作安琪兒 空中收炸彈

芒年畫 子愷

警報作媒人
子愷

画。"这是什么呢？"我心中很奇怪。问了早来桂林的朋友，才知道这两个是违犯防空禁令的人。桂林空袭，抗战以来共只三五次。以前不曾投弹。最近六月十五日的一次，敌人在城外数里的飞机场旁投下数弹，死七人，伤数人。此后桂林防空甚严，六月廿一日起，每日上午六时至下午五时半，路上行人不准穿白色或红色的衣服。违犯者由警察用墨水笔在其人背上画一圆圈，或乱点一下，据人说有时画二个乌龟。我到桂林这一天是六月廿四，命令才下了三天，市民尚未习惯，我所见的两人，便是违犯了这禁令而被处罚的。在这禽兽逼人的时代，防空与其过宽，孰若过严。但桂林的白衣禁令，真是过严了。因为桂林的空防已经办得很周到，为任何别的都市所不及。他们城外四周是奇形的石山，山下有广大的洞——天然防空壕。桂林当局办得很周密。他们估计各山洞的容量，调查各街巷住民人口数，依照路程远近，指定空袭时某街巷的住民避入某山洞。画了地图，到处张贴，使住民各自认明自己所属的山洞，空袭时可有藏身之地。假使人人遵行的话，敌机来时，桂林的全体市民都安居在山洞中。无论他们丢了几百个重磅炸弹，也只能破坏我们几间旧房子，不得毁伤中国人的一根汗毛。我所住的地方，指定的避难所为老人洞。我来桂林已六天。天气炎热，人事烦忙，敌机不来，还没有游玩山洞的机会。下次敌机来时，我可到老人洞去游玩一下。

廿七〔1938〕年六月卅日于桂林

蜀道奇遇记

我旅游蜀地,途中曾经遇到一件奇事。这奇事并无关于四川,却是战争这件万恶的事所产生的畸形怪相。现在写出来,刊印出来,使我的读者知道,战争的结果,除了家破人亡之外,还有使人哭笑不得的副产物。

民国三十一〔1942〕年冬,我曾在蜀道中一个小县城投宿。滑竿夫把我扛进一家旅馆。照例,外面是茶店,许多白包头的人坐着吃茶,许多绿色的痰点缀在地上。里面是旅馆,没有窗,床头却有一个没有盖的粪桶,里面盛着半桶便溺。幸而是冬天,还闻不到气味。

么司(川人称茶房为么司)拿登记簿来要我登记姓名来历,我一一如实填写了。我洗了一个脸,叮嘱我的工友替我铺陈被褥,自己携了一根手杖,出去吃饭。看见门口旅客姓名牌上,已经用白粉笔写下我姓名了。

我初到一个地方,找饭吃是一件难事。我不吃荤,而饭店总是荤的。请他们不用猪油而用麻油烧菜,他们须得特地去买麻油,大都摇头。有几家认真的,还摇手忠告我:"要不得,锅子是烧荤的。"其实我并不同一般佛徒一样认真,只是生来吃不进肉和猪油,荤锅子倒不在乎的。这一天找了两家,碰了两个钉子。找到第三家,遇到老板娘,一个中年女人,是浙江人,言语畅通,就接受了我这主雇。我在这地方遇到同省人,觉得有点乡谊,吃饭时便同她谈话。知道她是嘉兴人,离我故乡不过数十里。她一家二十六年冬天从嘉兴逃难出来,到过衡阳、桂林、重庆,去年才到这地方来。我说:"这铺子是你开的?"她说:"是。"我想问"你的丈夫呢",觉得不妥,改口说:"你家里几个人?"她指着一个五六岁的孩子说:"就是我们俩,我同这个孩子。"这才可问起她的丈夫,我就说:"你的先生呢?""就在这里××公司办事。这饮食店是我管的。"说时音调和脸色都带些不自然的样子。这样子只有我们同乡人可以看出。我想:人世之事,复杂万状。

这妇人心中或许有难言之恫。但我这行旅之人，萍水相逢，谁管你们这些闲事呢？我搭讪着："很好，你们两人挣钱，一定发财了。"起身就走。

回到旅馆，工友告诉我，有一个军友来访，留名片在此，过一小时他还要来的。原来是二十年前的美术学生王警华，我眼前立刻浮出一个笑嘻嘻的圆面孔来。这人爱漫画，与我最亲近，我至今还清楚记得。我就打发工友出去吃夜饭，自己歪在铺盖上休息，等候王警华来访。过了约半小时，果然走进一个军装的人来。我伸出右手，他却双手抱住了我的肩膀，表示握手还不够的意思。他口中连称："老师，难得，老师，难得！"我也双手抱住了他的肩膀，看他面孔还是圆圆的，不过放大了些，苍老些，笑嘻嘻的表情还是有，不过不及二十年前的自然了。他的面孔从前好比一只生番茄，结实、玲珑，而有光彩；现在好比番茄煮熟了，和软、稳重，而沉着了。二十年来的世故辛酸、人事悲欢把一个青年改成壮夫，犹之烈火沸汤、油盐酱醋，把一只生番茄烧成熟番茄。我每逢阔别的人，常有此感。今天看见王警华，觉得这比方更是适当。

一番寒暄，彼此说明了别后的经过，和到此的来由，便继之以慨叹。原来他在学校毕业后，不久就投笔从戎。抗战军兴，他随军辗转，一年前来到此地。他说在这个小县中，最苦的是缺少旧日师友。适才他到此吃茶，看见名牌上我的姓名，万料不到我会来此，以为必定是同姓名的。后来问我的工友，方才知道是本人。谈到这里,他模仿本地人对下江人的客套话:"要不是抗战,请也请不到这里!我们真要感谢鬼子,哈哈哈哈。"

寒暄过后,他定要我出去吃夜饭。我说吃过了,刚才出门便是吃夜饭。他不信,问我哪里吃的。我告诉他地方,并且说有一个嘉兴籍的中年妇人和一个小孩子的那一家。他脸上现出神秘的笑容,说道:"啊,老师怎么会找到那一家去?那是一个古今东西从来未有的奇女子啊!若把她的故事告诉老师,老师定有一篇动人的小说可写呢!"我正想问这故事,一个勤务兵立正在门口,大叫"报告"。他听了"报告",便说:"我有些小事,去一去就来,今晚我陪老师宿在这里,可以长谈。"说着就走,一面大声喊:"么司,丰老师的房金不收!都是我的!"室中原有两张床。一张我原来准备给工友睡的。如今他要来陪我,我就吩咐工友另外去开个单房,把这床让给他睡。到了八点钟,他换穿便衣,欣然地来了,后面跟一个勤务兵,提着一只篮,篮内是酒、肴馔和一匣美国香烟,都放在桌上,勤务兵就去了。他便同我对酌对谈,我们把门关了,寒漏迢迢,旧话娓娓,这真是旅中难得的乐事啊!我忽想起他所提出的故事,就要他讲,他一面笑,一面摇头,烧起一支美国香烟,说道:

"这样的奇人,这样的奇事,古今东西,恐怕是独一无二的。老师要知道这奇,请慢慢地听我讲来:我初到这里时,租一间房子。某处一个三开的堂屋,我租了东边。西边早有租客,便是这女子和她的小丈夫、小儿子。为何称他小丈夫呢?因为比妻子小了十岁。"

我诧异地叫："咦！"他说："这并不算奇，奇文还在后面：我因和他们住在同一个屋里，又是大同乡，所以很亲热。我的女人同那奇女子更要好。因此便详知他们的奇事。这女子是嘉兴人，曾在故乡嫁过姓范的，生下一女，名叫玲姐。二十六年冬天，他们一家三口从嘉兴逃出，辗转流徙，到了衡阳。二十七年秋，武汉、广州吃紧，衡阳空袭很凶。一个炸弹，把她的丈夫范某炸死，租的房子也烧光，只剩下范嫂母女二人，两双空手。不能糊口，便替人家当佣工，范嫂到了一家当汽车站员的人家做老妈子。这站员姓李，名侠，是南京人，也是逃难到衡阳的，那时不过二十余岁，家中只有一个太太，和一个初生的婴孩。李太太是师范毕业生，在逃难途中做产后，身体太亏，需要人帮忙，得了范嫂，甚是欢喜。至于那女儿玲姐呢，那时年方十五岁，经人介绍，到某团长家当女仆。团长太太也待她很好。这样，寡妇孤女，大家有了托身之所，免于冻馁了。

"最初，母女二人工余往来，常常相见，倒也可以互相安慰。谁知战局变化，广州、武汉失守，衡阳的人事大有变迁。李侠夫妇先赴桂林，范嫂跟他们同走。她临别叮嘱女儿，好生做工，将来好好地拣个丈夫。母女就分散了。听说起初还可通信，后来团长的军队开往他处，就音信不通。后来打听得那团长已经战死，就无法探问女儿的下落了。"

我插话道："啊，孤儿寡妇，还要骨肉分离，真是人间惨事！

不过这样的事，今日世间恐怕多得很，有什么奇呢？"他捧一支美国香烟敬我，续说道："奇文还在后面，你听我说呀：且说李侠带了太太和范嫂迁桂林，时局暂定，倒也可以安住。李太太担任当地某女校教师。范嫂起初想念女儿，后来也置之度外。因为李氏夫妇，都待她很好。夫妻二人白天出门办公，家事及婴孩都交给范嫂。范嫂非常忠心，对婴孩尤其疼爱，喂牛奶代乳粉，是她一手包办的。后来孩子竟疏远母亲而亲近范嫂，晚上也跟范嫂睡了。李侠南京的家中原有父母二人。李侠夫妇逃出后，母亲就得病而死，父亲在南京，饮酒使气，豪侠好义。自母亲死后，父子音讯也很少通了。所以李侠常常说，范嫂好比我的母亲。李太太呢？对范嫂更好，后来竟订盟约，改称大姐。李侠也跟着改口。范嫂这时已经三十开头，但因生得年青，看上去只有二十四五。李侠和李太太都是二十开头。这三人并辈称呼，原是很自然的。"

说到这里，勤务兵又来"报告"。我趁空出去洗了一次手。回来勤务兵已走，他继续讲："范嫂在李家做大姐，很是安乐。讵知不到数月，李太太染了流行病，一命呜呼。李侠哀悼逾常。大姐更是哭得泪人儿一般。"说到这里，他站起来转个圈圈，说："那么你想，下文是什么？"我笑问："大姐嫁了李侠？"他坐下来，敲着桌子说："对啊，对啊！还是李太太的临终遗嘱。这时候李侠二十二岁，大姐已经三十二岁，女比男大了十岁。但因感情的投合，事实的趋势，加了爱妻的遗志，使他们自然地结合了。那孩子一向是跟范嫂的，死了母亲全不觉得，从此就叫范嫂做妈妈，就是你看见的那一个。后来李侠迁调到重庆，改业经商，辗转地到了这地方。我和他们结了半年邻。后来他们发了些财，自己开铺子，才和我们分手，迁到这店铺里头去。奇事奇文就发生在与我结邻的时代。

"李侠入川后，经济渐渐宽裕。本性孝友，便想起了沦落在南京的父亲。常常通信，汇款子去。太平洋战事发生后，李侠认为上海不妥，便写信去，劝父亲到后方来，走界首、洛阳、西安、宝鸡入川，路是畅通的。又说所娶继媳虽未拜见，但秉性贤淑，必能尽孝，请勿远虑。他父亲起初拒绝，来信说，上海还可住，他近来戒了酒，谋得一个小差使，生活也可过去，教儿子不必挂念。（后来才知道，这差使原来是替日本人当翻译。他父亲原是东洋留学生，通日本话的。）后来李侠再三去信劝驾，他父亲来信老实说：你母死后，家中无人照料，去年已经娶后母，所以不便独赴后方；若偕后母同来呢，又太费事云云。李侠接到信，笑对大姐说：原来我已有了后母了。不知是怎样的一个人。李侠这时手头很丰裕，夫妇二人又都是孝友存心的。便决计汇二人的盘费去，欢迎父亲和继母同来。又说生活一切由儿子供养，万一不安心，此地要找点安闲的差使也很容易云云。父亲回信说，即日动身。有一天，父亲果然到了，怪剧就发生了。那时我正在家，亲眼看见这一幕怪剧，儿子、媳妇对父亲表示欢迎后，就向初见的继母施礼。继母是一个很年轻的女人，看来不过二十开头，我和我的女人从窗洞里偷窥，私下惊奇地说：他后母的脸很像他的太太呢？没有说完，忽然看见新来的后母抢上前去，抱住了她的媳妇狂呼母亲，把头撞在她的怀里，号啕大哭起来。"

"原来这后母就是她的女儿？"我吃了一惊，立起身来。王警华也立起身来；用了手足姿势的帮助而演讲这故事的最精彩部分。"这一哭之后，全家沉默了，连我们偷看的两人也沉默了。约摸一二分钟之后，方有动静。他们四人如何，不得而知。我和我的女人，面面相觑，有时摇头，有时苦笑。好像多吃停了食，不能消化似的。你想：一家是母女二人，一家是父子二人。儿子娶了那母亲，父亲娶了那女儿。这不是古今东西从来未有的奇事么？"

"那女儿怎样会嫁给这父亲呢？"我问。他说道："事后我女人从大姐处探听详情，原来是这样：当年的范嫂离开衡阳时，把女儿留在团长家里当女工。后来军队开拔，这女儿跟团长太太同走，住在江西某处。后来团长阵亡了。团长太太是南京人，就带了这女工回到沦陷的故乡南京。那时女儿已经十七八岁，自己觉得当女工没有出头，辞了团长太太到纱厂里做工。有一天，偶然晚上外出，行至冷静处，突被兽兵二人用手枪恐吓，拉着就走。女儿原有七八分姿色，何况暗夜碰着兽兵，自知难免受辱，一路呜咽。忽然弄里转出一人，正是李侠的父亲，做完了翻译工作回家。他本性豪侠好义，又是日本通，看见这情形，立刻上前叫声"女儿"，用日本话向两个兽兵说情，说这是我的女儿，找我来的。偶然冒犯，请求恕罪。并说明自己任职的机关，拿出证章来看。兽兵知道不是生意，便释放那女子而去。李老拉了这假女儿，恐被兽兵侦出破绽,一直拉回家中。问明她的住处,然后再送她回厂。李老是个义侠,原来光明正大,毫无私意。讵知玲姐自遭逢这次危险以后,痛惜自己的孤苦伶仃,又深感李老的英勇义侠,便常常拿纤手做出来的工资,买了礼物去报谢李老。后来知道李老鳏居,便起了依托终身的念头。这时李老年已四十二岁,但因生得年青,看来不过三十余岁。玲姐还只十九岁,实际上相差二十三岁,外形上倒并无不称。玲姐长年飘泊,深感一个弱女生在这万恶的社会里危险与苦痛。她决意找一个正直英雄来托付终身。年龄等事,在所不计了。这愿望果然立刻达到,不久她就做了李侠的继母。她也知道丈夫有个前妻的儿子名叫李连夫(李侠这名字是后来起的),在四川经商;但不知道就是她母亲的主人,衡阳的汽车站员李侠。又万万想不到李侠会娶了她的母亲!"讲到这里大家默默无言了好久。王警华从袋里拿出一张纸来,用铅笔画四个人,用线把每二人连结起来,单线表示亲子关系,双线表示夫妻关系。(我看出他的画技并未抛荒,虽然改业已经多年。)然后按图说道:

"这两对,一方面都是天成佳偶,但在另一方面都是越礼背义,骇俗乱伦!推究这大错铸成的原因,无他,便是这万恶的战争!假使没有战争,哪里会有这种奇事呢?现在我们试来派派这四人的关系看,有更奇妙的情形。"他拿起铅笔,在图的旁边列表。"先就范嫂说:她的丈夫,同时又是她的外孙。她的公公,同时又是她的女婿。她的女儿,同时又是她的继婆婆。次就玲姐说：她的母亲，同时又是她的媳妇。再就李老说：他的儿子，同时又是他的岳父。最后就李侠说：他的妻，同时又是他的外婆。他的继母，同时又是他的干女儿。他的父亲，同时又是他的女婿。哈哈哈哈……"次日登程之前，王君陪我去吃早点，故意仍到那一家。我看见范嫂，又看见李侠，他们都向王君招呼。王君轻轻地告我：他父亲和玲姐另租房子住在那边，听说两家不往来的。食毕我就上滑竿，与王君握别。昨夜的奇谈与今晨的目击，就做了我滑竿上的冥想的题材。啊！万恶的战争！其结果除了家破人亡之外，还有这使人哭笑不得的副产物！

一九四六年作

桂 林 的 山

"桂林山水甲天下",我没有到桂林时,早已听见这句话。我预先问问到过的人,"究竟有怎样的好?"到过的人回答我,大都说是"奇妙之极,天下少有"。这正是武汉疏散人口,我从汉口返长沙,准备携眷逃桂林的时候。抗战节节失利,我们逃难的人席不暇暖,好容易逃到汉口,又要逃桂林去。对于山水,实在无心欣赏,只是偶然带便问问而已。然而百忙之中,必有一闲。我在这一闲的时间想象桂林的山水,假定它比杭州还优秀。不然,何以可称为"甲天下"呢?

我们一家十人,加了张梓生先生家四五人,合包一辆大汽车,从长沙出发到桂林,车资是二百七十元。经过了衡阳、零陵、邵阳,入广西境。闻名已久的桂林山水,果然在二十七〔1938〕年六月二十四日下午展开在我的眼前。初见时,印象很新鲜。那些山都拔地而起，好像西湖的庄子内的石笋，不过形状庞大，这令人想起古画中的远峰，又令人想起"天外三峰削不成"的诗句。至于水，漓江的绿波，比西湖的水更绿，果然可爱。我初到桂林，心满意足，以为流离中能得这样山明水秀的一个地方来托庇，也是不幸中之大幸。开明书店的陆联棠经理，替我租定了马皇背（街名）的三间平房，又替我买些竹器。竹椅、竹凳、竹床，十人所用，一共花了五十八块桂币。桂币的价值比法币低一半，两块桂币换一块法币。五十八块桂币就是二十九块法币。我们到广西，弄不清楚，曾经几次误将法币当作桂币用。后来留心，买物付钱必打对折。打惯了对折，看见任何数目字都想打对折。我们是六月二十四日到桂林的。后来别人问我哪天到的，我回答"六月二十四"之后，几乎想补充一句："就是三月十二日呀！"

汉口沦陷，广州失守之后，桂林也成了敌人空袭的目标，我们常常逃警报。防空洞是天然的，到处皆有，就在那拔地而起的山的脚下。因了逃警报，我对桂林的山愈加亲近了。桂林的山的性格，我愈加认识清楚了。我渐渐觉得这些不是山，而是大石笋。因为不但拔地而起，与地面成九十度角，而且都是青灰色的童山，毫无一点树木或花草。久而久之，我觉得桂林竟是一片平原，并无有山，只是四围种着许多大石笋，比西湖的庄子里的更大更多而已。我对于这些大石笋，渐渐地看厌了。庭院中布置石笋，数目不多，可以点缀风景；但我们的"桂林"这个大庭院，布置的石笋太多，触目皆是，岂不令人生厌。我有时遥望群峰，想象它们是一只大动物的牙齿，有时望见一带尖峰，又想起小时候在寺庙里的十殿阎王的壁画中所见的尖刀山。假若天空中掉下一个巨人来，掉在这些尖峰上，一定会穿胸破肚，鲜血淋漓，同十殿阎王中所绘的一样。这种想象，使我渐渐厌恶桂林的山。这些时候听到"桂林山水甲天下"这句盛誉，我的感想与前大异：我觉得桂林的特色是"奇"，却不能称"甲"，因为"甲"有十全十美的意思，是总平均分数。桂林的山在天下的风景中，绝不是十全十美。其总平均分数绝不是"甲"。世人往往把"美"与"奇"两字混在一起，搅不清楚，其实

奇是罕有少见，不一定美。美是具足圆满，不一定需要奇。三头六臂的人，可谓奇矣，但是谈不到美。天真烂漫的小孩，可为美矣，但是并不稀奇。桂林的山，奇而不美，正同三头六臂的人一样。我是爱画的人。我到桂林，人都说"得其所哉"，意思是桂林山水甲天下，可以入我的画。这使我想起了许多可笑的事：有一次有人报告我："你的好画材来了，那边有一个人，身长不满三尺，而须长有三四寸。"我跑去一看，原来是做戏法的人带来的一个侏儒。这男子身体不过同桌子面高，而头部是个老人。对这残废者，我只觉得惊骇与怜悯，哪有心情欣赏他的"奇"，更谈不到美与画了。又有一次到野外写生，遇见一个相识的人，他自言熟悉当地风物，好意引导我去探寻美景，他说："最美的风景在那边，你跟我来！"我跟了他跋山涉水，走得十分疲劳，好容易走到了他的目的地。原来有一株老树，不知遭了什么劫，本身横卧在地，而枝叶依旧欣欣向上。我率直地说："这难看死了！我不要画。"其人大为扫兴，我倒觉得可惜。可惜的是他引导我来此时，一路上有不少平凡而美丽的风景，我不曾写得。而他所谓美，其实是奇。美其所美，非吾所谓美也。这样的事，我所经历的不少。桂林的山，便是其中之一。

篆文的山字，是三个近乎三角形的东西。古人造象形字煞费苦心，以最简单的笔画，表出最重要的特点。像女字、手字、木字、草字、鸟字、马字、山字、水字等，每一个字是一幅速写画。而山因为望去形似平面，故造出的象形字的模样，尤为简明。从

这字上，可知模范的山，是近于三角形的，不是石笋形的；可知桂林的山，不是模范的山，只是山之一种——奇特的山。古语说："仁者乐山，智者乐水。"则又可知周围山水对于人的性格很有影响。桂林的奇特的山，给广西人一种奇特的性格，勇往直前，百折不挠，而且短刀直入，率直痛快。广西省政治办得好，有模范省之称，正是环境的影响；广西产武人，多名将，也是拔地而起山的影响。但是讲到风景的美，则广西还是不参加为是。

"桂林山水甲天下"，本来没有说"美甲天下"。不过讲到山水，最容易注目其美。因此使桂林受不了这句盛赞。若改为"桂林山水天下奇"则庶几近情了。

卅六〔1947〕年三月七日于杭州

胜利还乡记

避寇西窜，流亡十年，终于有一天，我的脚重新踏到了上海的土地。我从京沪火车上跨到月台上的时候，第一脚特别踏得重些，好比同它握手。北站除了电车轨道照旧之外，其余的都已不可复识了。

我率眷投奔朋友家。预先函洽的一个楼面，空着等我们去息足。息了几天，我们就搭沪杭火车，在长安站下车，坐小舟到石门湾去探望故里。

我的故乡石门湾，位在运河旁边。运河北通嘉兴，南达杭州，在这里打一个弯，因此地名石门湾。石门湾属于石门县（即崇德县），其繁盛却在县城之上。抗战前，这地方船舶麇集，商贾辐辏。每日上午，你如果想通过最热闹的寺弄，必须与人摩肩接踵，又难免被人踏脱鞋子。因此石门湾有一句专用的俗语，形容拥挤，叫作"同寺弄里一样"。

当我的小舟停泊到石门湾南皋桥堍的埠头上的时候,我举头一望,疑心是弄错了地方。因为这全非石门湾,竟是另一地方。只除运河的湾没有变直,其他一切都改样了。这是我呱呱坠地的地方。但我十年归来,第一脚踏上故乡的土地的时候,感觉并不比上海亲切。因为十年以来,它不断地装着旧时的姿态而入我的客梦;而如今我所踏到的,并不是客梦中所惯见的故乡!

我沿着运河走向寺弄。沿路都是草棚、废墟,以及许多不相识的人。他们都用惊奇的眼光对我看,我觉得自己好像伊尔文 Sketch Book 中的 Rip Van Winkle①。我感情兴奋,旁若无人地与家人谈话:"这里就是杨家米店。""这里大约是殷家弄了!""喏喏喏,那石埠头还存在!"旁边不相识的

---

① *Rip Van Winkle*(《瑞普·凡·温克尔》)是美国作家华盛顿·欧文的《见闻杂记》中的篇名,亦即该篇中的主人公名。

人，看见我们这一群陌生客操着道地的石门湾土白谈话，更显得惊奇起来。其中有几位父老，向我们注视了一会，和旁人切切私语，于是注目我们的更多，我从耳朵背后隐约听见低低的话声："丰子恺。""丰子恺回来了。"但我走到了寺弄口，竟无一个认识的人。因为这些人在十年前大都是孩子，或少年，现在都已变成成人，代替了他们的父亲。我若要认识他们，只有问他的父亲叫什么了。"儿童相见不相识，笑问客从何处来"，这两句诗从前是读读而已，想不到自己会做诗中的主角！

"石门湾的南京路①"的寺弄，也尽是草棚。"石门湾的市中心"的接待寺，已经全部不见。只凭寺前的几块石板，可以追忆昔日的繁荣。在寺前，忽然有人招呼我。一看，一位白须老翁，我认识是张兰墶。他是当地一大米店的老主人，在我的缘缘堂建筑之先，他也造一所房子。如今米店早已化为乌有，

---

① 南京路是上海最热闹的一条路，这里是借喻。

房子侥幸没有被烧掉。他老人家抗战至今，十年来并未离开故乡，只是在附近东躲西避，苟全性命。石门湾是游击区，房屋十分之八九变成焦土，住民大半流离死亡。像这老人，能保留一所劫余的房屋和一掬健康的白胡须，而与我重相见面，实在难得之至，这可说是战后的石门湾的骄子了。这石门湾的骄子定要拉我去吃夜饭，我尚未凭吊缘缘堂废墟，约他次日再见。

　　从寺弄转进下西弄，也尽是茅屋或废墟，但凭方向与距离，走到了我家染纺店旁的木场桥。这原来是石桥。我生长在桥边，每块石板的形状和色彩我都熟悉。但如今已变成平平的木桥，上有木栏，好像公路上的小桥。桥堍一片荒草地，染坊店与缘缘堂不知去向了。根据河边石岸上一块突出的石头，我确定了染坊店墙界。这石岸上原来筑着晒布用的很高的木架子。染坊司务站在这块突出的石头上，用长竹竿把蓝布挑到架上去晒的。我做儿童时，这块石头被我们儿童视为危险地带。只有隔壁豆腐店里的王囡囡，身体好，胆量大，敢站到这石头上，而且做个"金鸡独立"。我是不敢站上去的。有一次我央另一个人拉住了手，上去站了一会，下临河水，胆战心惊。终被店里的人看见，叫我回来，并且告诉母亲，母亲警戒我以后不准再站。如今百事皆非，而这块石头依然如故。这一带地方的盛衰沧桑，染坊店、缘缘堂的兴废，以及我童年时的事，这块石头一一亲眼看到，详细知道。我很想请它讲一点给我听。但它默默不语，管自突出在石岸上。只有一排墙脚石，肯指示我缘缘堂所在之处。我由墙脚石按距离推测，在荒草地上约略认定了我的书斋的地址。一株野生树木，立在我的书桌的地方，比我的身体高到一倍。许多荆棘，生在书斋的窗的地方。这里曾有十扇长窗，四十块玻璃。石门湾沦陷前几日，日本兵在金山卫登陆，用两架飞机来炸十八里外的石门县，这十扇玻璃窗都震怒，发出愤怒的叫声。接着就来炸石门湾，一个炸弹落在书斋窗外五丈的地方，这些窗曾大声咆哮。我躲在窗内，幸免于难。这些回忆，在这时候一一浮出脑际。我再请墙脚石引导，探寻我们的灶间的地址。约略找到了，但见一片荒地，草长过膝。抗战后一年，民国二十七〔公元1938〕年，我在桂林得到我的老姑母的信，说缘缘堂虽毁，烟囱还是屹立。这是"烟火不断"之象。老人对后辈的慰藉与祝福，使我诚心感动。如今烟囱已不知去向。而我家的烟火的确不断。我带了六个孩子（二男四女）逃出去，带回来时变了六个成人，又添了一个八岁的抗战儿子。倘使缘缘堂存在，它当日放出六个小的，今朝收进六个大的，又加一个小的作利息，这笔生意着实不错！它应该大开正门，欢迎我们这一群人的归来。可惜它和老姑母一样作古，如今只

剩一片蔓草荒烟，只能招待我们站立片时而已！大儿华瞻，想找一点缘缘堂的遗物，带到北平去作纪念。寻来寻去，只有蔓草荒烟，遗物了不可得。后来用器物发掘草地，在尺来深的地方，掘得了一块焦木头。依地点推测，大约是门槛或堂窗的遗骸。他髫龄的时候，曾同它们共数晨夕。如今他收拾它们的残骸，藏在火柴匣里，带它们到北平去，也算是不忘旧交，对得起故人了。这一晚我们到一个同族人家去投宿。他们买了无量的酒来慰劳我，我痛饮数十钟，酣然入睡，梦也不做一个。次日就离开这销魂的地方，到杭州去觅我的新巢了。

一九四七年五月十日于杭州作

南国女郎

　　小朋友们：我现在台北游玩。今天给台北的女郎描一张画，寄你们看。台湾，原是我们中国的地方。五十多年前，被日本夺去。三年前，抗战胜利了，日本方才归还我们。所以台北沦陷了五十多年。在这五十多年中，台湾女子的服装，本来仍照中国式。抗战中，有一次日本人强迫台湾女子穿日本女人的服装。说是要她们"皇民化"。台湾女子都是爱中国的，死不肯

穿日本服装。但是日本人凶得很。台湾女子不敢完全反对他们的命令，就想出一个办法来，改用西洋式的服装：年青的女郎，上身穿一件衬衫，下面束一条长裙，好像跳舞衣，怪好看的。年纪较大的女人，上身穿对襟短衫，下面也穿长裙。这样，总算改了装，日本人也就算了。光复以后，穿这种跳舞式的衣服的女郎仍是很多。有一班时髦的女郎，效仿上海杭州的女郎，改穿旗袍。旗袍，在我们看来是老式了，但在台湾女子看来是最新式的。因此台北有许多裁缝店，专做旗袍。他们的招牌上写着："最新流行江浙旗袍公司"。我那张画里就有的画着。我觉得，她们本来的跳舞式的服装很好看；但旗袍也很好。因为这样，可使台湾女子和内地女子服装统一，不分彼此，大家同是中国女子。

三十七年写于台北

一一九

杵舞和台湾的番人

　　这里我画的一幅画，是台湾番人的杵舞。她们每人手拿一根舂米用的木杵，一面在地上敲，一面跳着唱歌。这种番人，本来住在深山中，与台湾人隔绝。后来渐渐交通。现在已有许多会讲台湾话，甚至讲国语。他们的生活已与普通人差不多。不过衣服还是特别，很华丽的。杵舞所唱的歌，是他们的土白，我们听不懂的。但觉得音调很悲哀。这本来是他们舂米时唱的。他们

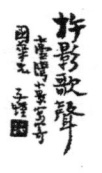

在地上掘一洞，洞里放一只石臼，石臼里放米。许多女人拿着木杵舂米，齐声唱歌。后来，生活进步，他们舂米也用电气，不用人力了。于是这种杵和歌，失去了实用性，专门当作歌舞之用。这杵舞可说是台湾番人的一种艺术。

台湾的番人，现在已经很开通，同我们差不多了。但在三百多年前，他们非常野蛮，非常凶狠。有一个故事，我讲给你们听：三百多年前，清朝康熙年间，台湾是属于中国的。中国人到台湾去，不敢走进深山。因为番人见了汉人要杀。中国派一个人去教导番人，这人姓吴，名凤。吴凤能讲番话，到了台湾，对番人很优待，番人很爱护他，当他父亲一样。番人向来有一种习惯，每年冬天，必须杀一个异族的人的头来祭他们的神明。吴凤教训他们，说杀人是不道德的，以后不可再杀。他们果然听从吴凤的话，不再杀人。过了多年，他们听了别的山里的番人的话，一定要杀人头来祭神明。他们对吴凤说："长久没有人头祭神明，神明要动怒，所以今年必须杀一个来祭神明。"吴凤再三教训，再三劝阻，他们不听。吴凤就对他们说："那么我准许你们，今年杀一个人头，以后不准再杀，好不好？"番人答允了。吴凤说："明天早上，有一个穿红衣戴红帽的汉人从山下经过，你们可把这汉人的头杀下，拿来祭神明。但从此以后，不准再杀人了。"番人听从他的话。

明天早晨，番人下山去，果然看见一个身上穿红衣而头上蒙着红帽子的人，低着头在山下走路。他们抢上前去，一刀把这人

三

杀死，割下头颅，用布包好，提上山来。打开包布一看，原来是吴凤的头！

番人对吴凤非常敬爱，同父亲一样的，现在把他杀死，非常难过。许多番人对着头号啕大哭！后来把头和尸体合起来，好好地安葬。又造一只大庙，叫作吴凤庙，年年礼拜他。从此以后，番人感悔，真个不再杀人了。

吴凤牺牲自己的性命，来救许多汉人，又教好了许多番人。真是一个了不起的英雄！我游台湾，到过吴凤庙。我站在吴凤的神像前，深深地三鞠躬。

看残菊有感

近月来的报纸上，菊花展览会的广告常常傍着了水灾求赈的启事而并载着。我向来缺乏看花的兴趣，对这广告很抱歉。昨天，偶然路过一处菊花展览会，同行的朋友说："这是最后的一天了。我们明年有没有得看菊花？天晓得！进去看一看吧。"我就跟了他进去看。

我懊悔进去看了！因为时节已是初冬，那些菊花都已萎靡或凋残，在北风中颤抖，样子异常可怜。

好似伏在地上的一群褴褛的难民，正在伸手向人求施。又好似送尽了青春的繁荣而垂死的人，使我们中年人看了分外惊心动魄。

我看了一看，就拉我的朋友一同出来。我没有从看花受到快乐，却带了一种感伤出来。它一路随伴我，一直跟我到了家里，现在且把我的所感写出些来，聊抒胸中抑郁之情。

看花到底是春日的事。虽说秋花也有冷艳，然而寂寞的秋心难于领略，何况残秋的残菊，怎不令人感伤呢？幼年时唱西洋歌曲《夏天最后的蔷薇》〔《夏日里最后的玫瑰》〕，曾经兴起感伤，而假想这所谓"最后的蔷薇"便是菊。这会从残菊的展览会里出来，那曲的歌词——Thomas Moore〔托马斯·莫尔〕的诗——的最后几句特别感伤地在我胸中响着：

So soon may I follow, when friendships decay; And from love's shining circle the gems drop away; When true hearts lie withered, and fond ones have flown, Oh, who would inhabit this bleak world alone！①

以看花为乐事的，恐怕只有少年或乐天家。多感的中年人，大抵看了花易兴人生无常之叹，反而陷入悲哀。故我国古代诗人常以

---

① 歌词大意是：我也会跟你前往，当那友情衰亡；宝石从光环上掉落，爱情暗淡无光；当那真诚的心儿枯萎，心爱的人们都去远方，谁愿意孤独地生活，忍受人世凄凉！

花的易谢来比方或隐射人生的易老。古诗十九首中就有这类的诗句:

伤彼蕙兰花,含英扬光辉。过时而不采,将随秋草萎。君亮执高节,贱妾亦何为?

陶潜诗中对此也有痛切的慨叹:

采采荣木,结根于兹。晨耀其花,夕已丧之。人生若寄,憔悴有时。静言孔念,中心怅而。

唐人诗中,我最易想起的是这一首:

劝君莫惜金缕衣,劝君惜取少年时。花开堪折直须折,莫待无花空折枝!

我暗诵了这些诗,觉得看菊的感伤愈加浓重了。某词人云:"春风欲劝座中人,一片落红当眼堕。"今日展览会里的残菊,正像这"一片落红",对我这霜须的人下了一个恳切的劝告。

中年以后的人,因为自己的青春已逝,看了花大抵要妒忌它,以为人不如花。这妒忌常美化而为感伤。我细细剖析自己的感伤,觉得也含着不少这样的心情。记得前人的诗词中,告白着这心情的亦复不少:

> 今年花似去年好,去年人到今年老。始知人老不如花,可惜落花君莫扫。
> 年年岁岁花相似,岁岁年年人不同。
> 白发悲花落,青云羡鸟飞。
> 但愁花有语,不为老人开!

没奈何,感伤者往往逃入酒乡,作掩耳盗铃的自慰。故曰:

> 日日人空老,年年春更归了。相欢有樽酒,不用惜花飞!
> 一月主人笑几回?相逢相值且衔杯。眼看春色如流水,

今日残花昨日开。

　　一年又过一年春，百岁曾无百岁人。能向花中几回醉，十斤沽酒莫辞贫。

　　酒乡可说是我国古代诗人所公认的避愁处。倘真能"长醉不用醒"，果然是一个大好去处，可惜终不免要醒，醒转来依然负着这一颗头颅而立在这一个世界里！

　　花终于要凋谢，人终于要老死，这种感伤也同归于尽。只有从这些感伤发出来的诗词，永远生存在这世间，不绝地引起后人的共鸣。"人生短，艺术长"，其此之谓欤？

庐山游记之一　江行观感

译完了柯罗连科的《我的同时代人的故事》第一卷三十万字之后，原定全家出门旅行一次，目的地是庐山。脱稿前一星期已经有点心不在稿；合译者一吟的心恐怕早已上山，每天休息的时候搁下译笔（我们是父女两人逐句协商，由她执笔的），就打电话探问九江船期。终于在寄出稿件后三天的七月廿六日清晨，父母子女及一外孙一行五人登上了江新轮船。

胜利还乡时全家由陇海路转汉口，在汉口搭轮船返沪之后，十年来不曾乘过江轮。菲君（外孙）还是初次看见长江。站在船头甲板上的晨曦中和壮丽的上海告别，乘风破浪溯江而上的时候，大家脸上显出欢喜幸福的表情。我们占居两个半房间：一吟和她母亲共一间，菲君和他小娘舅新枚共一间，我和一位铁工厂工程师吴君共一间。这位工程师熟悉上海情形，和我一见如故，替我说明吴淞口一带种种新建设，使我的行色更壮。

江新轮的休息室非常漂亮：四周许多沙发，中间好几副桌椅，上面七八架电风扇，地板上走路要谨防滑跤。我在壁上的照片中看到：这轮船原是初解放时被敌机炸沉，后来捞起重修，不久以前才复航的。一张照片是刚刚捞起的破碎不全的船壳，另一张照片是重修完竣后的崭新的江新轮，就是我现在乘着的江新轮。我感到一种骄傲，替不屈不挠的劳动人民感到骄傲。

新枚和他的捷克制的手风琴，一日也舍不得分离，背着它游庐山。手风琴的音色清朗像竖琴，富丽像钢琴，在云山苍苍、江水泱泱的环境中奏起悠扬的曲调来，真有"高山流水"之概。我呷着啤酒听赏了一会，不觉叩舷而歌，歌的是十二三岁时在故乡石门湾小学校里学过的、沈心工先生所作的扬子江歌：

> 长长长，亚洲第一大水扬子江。
> 源青海兮峡瞿塘，蜿蜒腾蛟蟒。
> 滚滚下荆扬，千里一泻黄海黄。
> 润我祖国千秋万岁历史之荣光。

反复唱了几遍，再教手风琴依歌而和之，觉得这歌曲实在很好；今天在这里唱，比半世纪以前在小学校里唱的时候感动更深。这歌词完全是中国风的，句句切题，描写得很扼要；句句叶音，都叶得很自然。新时代的学校唱歌中，这样好的歌曲恐怕不多呢。

因此我在甲板上热爱地重温这儿时旧曲。不过在这里奏乐、唱歌，甚至谈话，常常有美中不足之感。你道为何：各处的扩音机声音太响，而且广播的时间太多，差不多终日不息。我的房间门口正好装着一个喇叭，倘使镇日坐在门口，耳朵说不定会震聋。这设备本来很好：报告船行情况，通知开饭时间，招领失物，对旅客都有益。然而报告通知之外不断地大声演奏各种流行唱片，声音压倒一切，强迫大家听赏，这过分的盛意实在难于领受。我常常想向轮船当局提个意见，希望广播轻些，少些。然而不知为什么，大概是生怕多数人喜欢这一套吧，终于没有提。

轮船在沿江好几个码头停泊一二小时。我们上岸散步的有三处：南京、芜湖、安庆。好像有一根无形的绳索系在身上，大家不敢走远去，只在码头附近闲步闲眺，买些食物或纪念品。南京真是一个引人怀古的地方，我踏上它的土地，立刻神往到六朝、三国、春秋吴越的远古，阖闾、夫差、孙权、周郎、梁武帝、陈后主……都闪现在眼

前。望见一座青山。啊，这大约就是诸葛亮所望过的龙蟠钟山吧！偶然看见一家店铺的门牌上写着邯郸路，邯郸这两个字又多么引人怀古！我买了一把小刀作为南京纪念，拿回船上，同舟的朋友说这是上海来的。

芜湖轮船码头附近没有市街，沿江一条崎岖不平的马路旁边摆着许多摊头。我在马路尽头的一副担子上吃了一碗豆腐花就回船。安庆的码头附近很热闹。我们上岸，从人丛中挤出，走进一条小街，逶迤曲折地走到了一条大街上。在一爿杂货铺里买了许多纪念品，不管它们是哪里来的。在安庆的小街里许多人家的门前，我看到了一种平生没有见过的家具，这便是婴孩用的坐车。

这坐车是圆柱形的，上面一个圆圈，下面一个底盘，四根柱子把圆圈和底盘连接；中间一个座位，婴儿坐在这座位上；底盘下面有四个轮子，便于推动。座位前面有一个特别装置：二三寸阔的一条小板，斜斜地装在座位和底盘上，与底盘成四五十度角，小扳两旁有高起的边，仿佛小人国里的儿童公园里的滑梯。

我初见时不解这滑梯的意义,一想就恍然大悟了它的妙用。记得我婴孩时候是站立桶的。这立桶比桌面高,四周是板,中间有一只抽斗,我的手靠在桶口上,脚就站在抽斗里。抽斗底上有桂圆大的许多洞,抽斗下面桶底上放着灰箩,妙用就在这里。然而安庆的坐车比较起我们石门湾的立桶来高明得多。这装置大约是这里的子烦恼的劳动妇女所发明的吧?安庆子烦恼的人大约较多,刚才我挤出码头的时候,就看见许多五六岁甚至三四岁的小孩子。这些小孩子大约是从子烦恼的人家溢出到码头上来的。我想起了久不见面的邵力子先生。①

  轮船里的日子比平居的日子长得多。在轮船里住了三天两夜,胜如平居一年半载,所有的地方都熟悉,外加认识了不少新朋友。然而这还是庐山之游的前奏曲。踏上九江的土地的时候,又感到一种新的兴奋,仿佛在音乐会里听完了一个节目而开始再听另一个新节目似的。

---

 ① 邵力子先生曾提倡节育。

庐山游记之二　九江印象

九江是一个可爱的地方,虽然天气热到九十五度①,还是可爱。我们一到招待所,听说上山车子挤,要宿两晚才有车。我们有了细看九江的机会。

"家临九江水,来去九江侧。同是长干人,生小不相识。"(崔颢)"浔阳江头夜送客,枫叶荻花秋瑟瑟。"(白居易)常常替诗人当模特儿的九江,受了诗的美化,到一千多年后的今天风韵犹存。街道清洁,市容整齐;遥望岗峦起伏的庐山,仿佛南北高峰;那甘棠湖正是具体而微的西湖。九江居然是一个小杭州。但这还在其次。九江的男男女女,大都仪容端正。极少有奇形怪状的人

---

①　九十五度,指华氏度。

物。尤其是妇女们，无论群集在甘棠湖边洗衣服的女子，提着筐挑着担在街上赶路的女子，一个个相貌端正，衣衫整洁，其中没有西施，但也没有嫫母。她们好像都是学校里的女学生。但这也还在其次。九江的人态度都很和平，对外来人尤其客气。这一点最为可贵。二十年前我逃难经过江西的时候，有一个逃难伴侣告诉我："江西人好客。"当时我扶老携幼在萍乡息足一个多月，深深地感到这句话的正确。这并非由于萍乡的地主（这地主是本地人的意思）夫妇都是我的学生的缘故，也并非由于"到处儿童识姓名"（马一浮先生赠诗中语）的原故。不管相识不相识，萍乡人一概殷勤招待。如今我到九江，二十年前的旧印象立刻复活起来。我们在九江，大街小巷都跑过，南浔铁路的火车站也到过。我仔细留意，到处都度着和平的生活，绝不闻相打相骂的声音。向人问路，他恨不得把你送到了目的地。我常常惊讶地域区别对风俗人情的影响的伟大。萍乡和九江，相去很远。然而同在江西省的区域之内，其风俗人情就有共通之点。我觉得江西人的"好客"确是一种美德，是值得表扬，值得学习的。我说九江是一个可爱的地方，主要点正在于此。

九江街上瓷器店特别多,除了瓷器店之外还有许多瓷器摊头。瓷器之中除了日用瓷器之外还有许多瓷器玩具:猫、狗、鸡、鸭、兔、牛、马、儿童人像、妇女人像、骑马人像、罗汉像、寿星像,各种各样都有,而且大都是上彩釉的。这使我联想起无锡来。无锡惠山等处有许多泥玩具店,也有各种各样的形象,也都是施彩色的。所异者,瓷和泥质地不同而已。在这种玩具中,可以窥见中国手艺工人的智巧。他们都没有进过美术学校雕塑科,都没有学过素描基本练习,都没有学过艺用解剖学,全凭天生的智慧和熟练的技巧,刻画出种种形象来。这些形象大都肖似实物,大多姿态优美,神气活现。而瓷工比较起泥工来,据我猜想,更加复杂困难。因为泥质松脆,只能塑造像坐猫、蹲兔那样团块的形象。而瓷质坚致,马的四只脚也可以塑出。九江瓷器中的八骏,最能显示手艺工人的天才。那些马身高不过一寸半,或俯或仰,或立或行,骨骼都很正确,姿态都很活跃。我们买了许多,拿回寓中,陈列在桌子上仔细欣赏。唐朝的画家韩幹以画马著名于后世。我没有看见过韩幹的真迹,不知道他的平面造型艺术比较起江西手艺工人的立体造型艺术来高明多少。韩幹是在唐明皇的朝廷里做大官的。那时候唐明皇有一个擅长画马的宫廷画家叫作陈闳。有一天唐明皇命令韩幹向陈闳学习画马。韩幹不奉诏,回答唐明皇说:"臣自有师。陛下内厩之马,皆臣师也。"我们江西的手艺工人,正同韩幹一样,没有进美术学校从师,就以民间野外的马为师,他们的技术是全靠平常对活马观察研究而进步起来的。我想唐朝时代民间一定也不乏像江西瓷器手艺工人那样聪明的人，教他们拿起画笔来未必不如韩幹。只因他们没有像韩幹那样做大官，不能获得皇帝的赏识，因此终身沉沦，湮没无闻；而韩幹独侥幸著名于后世。这样想来，社会制度不良的时代的美术史，完全是偶然形成的。

　　我们每人出一分钱，搭船到甘棠湖里的烟水亭去乘凉。这烟水亭建筑在像杭州西湖湖心亭那样的一个小岛上，四面是水，全靠渡船交通九江大陆。这小岛面积不及湖心亭之半，而树木甚多。树下设竹榻卖茶。我们躺在竹榻上喝茶，四面水光艳艳，风声猎猎，九十度以上的天气也不觉得热。有几个九江女郎也摆渡到这里的树荫底下来洗衣服。每一个女郎所在的岸边的水面上，都以这女郎为圆心而画出层层叠叠的半圆形的水浪纹，好像半张极大的留声机片。这光景真可入画。我躺在竹榻上，无意中举目正好望见庐山。陶渊明"采菊东篱下，悠然见南山"，大概就是这种心境吧。预料明天这时光，一定已经身在山中，也许已经看到庐山真面目了。

庐山游记之三　庐山面目

"咫尺愁风雨，匡庐不可登。只疑云雾里，犹有六朝僧。"（钱起）这位唐朝诗人教我们"不可登"，我们没有听他的话，竟在两小时内乘汽车登上了匡庐。这两小时内气候由盛夏迅速进入了深秋。上汽车的时候九十五度，在汽车中先藏扇子，后添衣服，下汽车的时候不过七十几度了。赴第三招待所的汽车驶过正街闹市的时候，庐山给我的最初印象竟是桃源仙境：土地平旷，屋舍俨然；有茶馆、酒楼、百货之属；黄发垂髫，并怡然自乐。不过他们看见了我们没有"乃大惊"，因为上山避暑休养的人很多，招待所满坑满谷，好容易留两个房间给我们住。庐山避暑胜地，果然名不虚传。这一天天气晴明。凭窗远眺，但见近处古木参天，绿荫蔽日；远处岗峦起伏，白云出没。有时一带树林忽然不见，变成了一片云海；有时一片白云忽然消散，变成了许多楼台。正在凝望之间,一朵白云冉冉而来,钻进了我们的房间里。倘是幽人雅士,一定大开窗户,欢迎它进来共住;但我犹未免为俗人,连忙关窗谢客。我想,庐山真面目的不容易窥见,就为了这些白云在那里作怪。

庐山的名胜古迹很多,据说共有两百多处。但我们十天内游踪所到的地方,主要的就是小天池、花径、天桥、仙人洞、含鄱口、黄龙潭、乌龙潭等处而已,夏禹治水的时候曾经登大汉阳峰,周朝的匡俗曾经在这里隐居,晋朝的慧远法师曾经在东林寺门口种松树,王羲之曾经在归宗寺洗墨,陶渊明曾经在温泉附

近的栗里村住家，李白曾经在五老峰下读书，白居易曾经在花径咏桃花，朱熹曾经在白鹿洞讲学，王阳明曾经在舍身岩散步，朱元璋和陈友谅曾经在天桥作战……古迹不可胜计。然而凭吊也颇伤脑筋，况且我又不是诗人，这些古迹不能激发我的灵感，跑去访寻也是枉然，所以除了乘便之外，大都没有专诚拜访。有时我的太太跟着孩子们去寻幽探险了，我独自高卧在海拔一千五百公尺的山楼上看看庐山风景照片和导游之类的书，山光照槛，云树满窗，尘嚣绝迹，凉生枕簟，倒是真正的避暑。我看到天桥的照片，游兴发动起来，有一天就跟着孩子们去寻访。爬上断崖去的时候，一位挂着南京大学徽章的教授告诉我："上面路很难走，老先生不必去吧。天桥的那条石头大概已经跌落，就只是这么一个断崖。"我抬头一看，果然和照片中所见不同：照片上是两个断崖相对，右面的断崖上伸出一根大石条来，伸向左面的断崖，但是没有达到，相距数尺，仿佛一脚可以跨过似的。然而实景中并没有石条，只是相距若干丈的两个断崖，我们所登的便是左面的断崖。我想：这地方叫作天桥，大概那根石条就是桥，如今桥已经跌落了。我们在断崖上坐看云起，卧听鸟鸣，又拍了几张照片，逍遥地步行回寓。晚餐的时候，我向管理局的同志探问这条桥何时跌落，他回答我说，本来没有桥，那照相是从某角度望去所见光景。啊，我恍然大悟了：那位南京大学教授和我谈话的地方，即离开左面的断崖数十丈的地方，我的确看到有一根不很大的石条伸出在空中，照相镜头放在石条附近适当的地方，透视法就把石条和断崖之间的距离取消，拍下来的就是我所欣赏的照片。我略感不快，仿佛上了资本主义社会的商业广告的当。然而就照相术而论，我不能说它虚伪，只是"太"巧妙了些。天桥这个名字也古怪，没有桥为什么叫天桥？

含鄱口左望杨子江，右瞰鄱阳湖，天下壮观，不可不看。有一天我们果然爬上了最高峰的亭子里。然而白云作怪，密密层层地遮盖了江和湖，不肯给我们看。我们在亭子里吃茶，等候了好久，白云始终不散，望下去白茫茫的，一无所见。这时候有一个人手里拿一把芭蕉扇，走进亭子来。他听见我们五个人讲土白，就和我招呼，说是同乡。原来他是湖州人，我们石门湾靠近湖州边界，语音相似。我们就用土白同他谈起天来。土白实在痛快，个个字入木三分，极细致的思想感情也充分表达得出。这位湖州客也实在不俗，句句话都动听。他说他住在上海，到汉口去望儿子，归途在九江上岸，乘便一游庐山。我问他为什么带芭蕉扇，他回答说，这东西妙用无穷：热的时候扇风，太阳大的时候遮阴，下雨的时候代伞，休息的时候当坐垫，这好比济公活佛的芭蕉扇。因此后来我们谈起他的时候就称

他为济公活佛。互相叙述游览经过的时候,他说他昨天上午才上山,知道正街上的馆子规定时间卖饭票,他就在十一点钟先买了饭票,然后买一瓶酒,跑到小天池,在革命烈士墓前奠了酒,游览了一番,然后拿了酒瓶回到馆子里来吃午饭,这顿午饭吃得真开心。这番话我也听得真开心。白云只管把扬子江和鄱阳湖封锁,死不肯给我们看。时候不早,汽车在山下等候,我们只得别了济公活佛回招待所去。此后济公活佛就变成了我们的谈话资料。姓名地址都没有问,再见的希望绝少,我们已经把他当作小说里的人物看待了。谁知天地之间事有凑巧:几天之后我们下山,在九江的浔庐餐厅吃饭的时候,济公活佛忽然又拿着芭蕉扇出现了。原来他也在九江候船返沪。我们又互相叙述别后游览经过。此公单枪匹马,深入不毛,所到的地方比我们多。我只记得他说有一次独自走到一个古塔的顶上,那里面跳出一只黄鼠狼来,他打湖州白说:"渠被倍吓了一吓,倍也被渠吓了一吓!"我觉得这简直是诗,不过没有叶韵。宋杨万里诗云:"意行偶到无人处,惊起山禽我亦惊。"岂不就是这种体验吗?现在有些白话诗不讲叶韵,就把白话写成每句一行,一个"但"字占一行,一个"不"也占一行,内容不知道说些什么,我真不懂。这时候我想:倘能说得像我们的济公活佛那样富有诗趣,不叶韵倒也没有什么。

在九江的浔庐餐厅吃饭,似乎同在上海差不多。山上的吃饭情况就不同:我们住的第三招待所离开正街有三四里路,四周毫无供给,吃饭势必包在招待所里。价钱很便宜,饭菜也很丰富。

只是听凭配给，不能点菜，而且吃饭时间限定。原来这不是菜馆，是一个膳堂，仿佛学校的饭厅。我有四十年不过饭厅生活了，颇有返老还童之感。跑三四里路，正街上有一所菜馆。然而这菜馆也限定时间，而且供应量有限，若非趁早买票，难免枵腹游山。我们在轮船里的时候，吃饭分五六班，每班限定二十分钟，必须预先买票。膳厅里写明请勿喝酒。有一个乘客说："吃饭是一件任务。"我想：轮船里地方小，人多，倒也难怪；山上游览之区，饮食一定便当。岂知山上的菜馆不见得比轮船里好些。我很希望下年这种办法加以改善。为什么呢，这到底是游览之区！并不是学校或学习班！人们长年劳动，难得游山玩水，游兴好的时候难免把吃饭延迟些，跑得肚饥的时候难免想吃些点心。名胜之区的饮食供应倘能满足游客的愿望，使大家能够畅游，岂不是美上加美呢？然而庐山给我的总是好感，在饮食方面也有好感：青岛啤酒开瓶的时候，白沫四散喷射，飞溅到几尺之外。我想，我在上海一向喝光明啤酒，原来青岛啤酒气足得多。回家赶快去买青岛啤酒，岂知开出来同光明啤酒一样，并无白沫飞溅。啊，原来是海拔一千五百公尺的气压的关系！庐山上的啤酒真好！

一九五六年九月作于上海

扬 州 梦

在格致中学高中三年级肄业的新枚患了不很重的肺病，遵医嘱停学在家疗养。生活寂寞，自己发心乘此机会读些诗词，我就做了他的教师，替他讲解《唐诗三百首》和《白香词谱》，每星期一二次。暮春有一天，我教他读姜白石的《扬州慢》：

淮左名都，竹西佳处，解鞍少驻初程。过春风十里，尽荠麦青青。自胡马窥江去后，废池乔木，犹厌言兵。渐黄昏，清角吹寒，都在空城。

杜郎俊赏，算而今，重到须惊。纵豆蔻词工，青楼梦好，难赋深情。二十四桥仍在，波心荡冷月无声，念桥边红药，年年知为谁生。

这孩子兴味在于词律，一味讲究平平仄仄。我却怀古多情，神游于古代的维扬胜地，缅想当年烟花。三月，十里春风之盛。念到"二十四桥仍在"，我忽然发心游览久闻大名而无缘拜识的扬州，立刻收拾《白香词谱》，叫他到八仙桥去买明天到镇江的火车票。傍晚他拿了三张火车票回来。同去的是他和他的姐姐一吟。当夜各自准备行囊。

第二天下午，一行三人到达镇江。我们在镇江投宿，下午游览了焦山寺，认识了镇江的市容。下一天上午在江边搭轮船，渡江换乘公共汽车，不消两小时已经到达扬州。向车站里的人问询，他们介绍我们一所新开的公园旅馆。我们乘车投奔这旅馆，果然看见一所新造房子，里面的家具和被褥都是新的。盥洗既毕，斟一杯茶，坐下来休息一下。定神一想：现在我身已在扬州，然而我在一路上所见和在旅馆中所感，全然没有一点古色，但觉这是一个精小的近代都市，清静整洁，男女老幼熙攘往来，怡然操作，悉如他处，其中并无李白、张祜、杜牧、郑板桥、金冬心之类的面影。旅馆的招待员介绍我们到富春去吃中饭。富春是扬州有名的茶点酒菜馆，深藏在巷子里，而入门豁然开朗，范围甚广。点心和肴馔都极精美，虽然大都是荤的，我只能用眼睛来欣赏，但素菜也做得很好，别有风味。我觉得扬州只是一个小上海、小杭州，并无特殊之处。这在我似乎觉得有些失望，我决定下午去访问大名鼎鼎的二十四桥。我预期这二十四桥能够满足我的怀古欲。

到大街上雇车子，说"到二十四桥"。然而年青的驾车人都不知道，摇摇头。有一个年纪较大的人表示知道，然而他忠告我们："这地方很远，而且很荒凉，你们去做什么？"我不好说"去凭吊"，只得撒一个谎，说"去看朋友"。那人笑着说："那边不大有人家呢！"我很狼狈，支吾地回答他："不瞒你说，我们就想看看那个桥。"驾车的人都笑起来。这时候旁边的铺子里走出一位老者来，笑着对驾车人说："你们拉他们去吧，在西门外，他们是来看看这小桥的。"又转向我说，"这条桥从前很有名，可是现在荒凉了，附近没有什么东西。"我料想这位老者是读过唐诗，知道"二十四桥明月夜"的。他的笑容很特别，隐隐地表示着："这些傻瓜！"

车子走了半小时以上，方才停息在田野中间跨在一条沟渠似的小河上的一爿小桥边。驾车人说："到了，这是二十四桥。"我们下车，大家表示大失所望的样子，除了"啊哟！"以外没有别的话。一吟就拿出照相机来准备摄影。驾车的人看见了，打着土白交谈："来照相的。""要修桥吧？""要开河吧？"我不辩解，我就冒充了工程师，倒是省事。驾车人到树荫下去休息吸烟了。我有些不放心：这小桥到底是否二十四桥？为欲考证确实，我跑到附近田野里一位正在工作的农人那里，向他叩问："同志，这是什么桥？"他回答说："二十四桥。"我还不放心，又跑到桥旁一间小屋子门口，望见里面一位白头老婆婆坐着做针线，我又问："请问老婆婆，这是什么桥？"老婆婆干脆地说："廿四桥。"这才放心，我们就替二十四桥拍照。桥下水涸，最狭处不过七八尺，新枚跨了过去，嘴里念着"波心荡冷月无声"，大家不觉失笑。

　　车子背着夕阳回城去的时候，我耽于冥想了。我首先想到李白"烟花三月下扬州"的名句，觉得正是这个时候。接着想起杜牧的诗："青山隐隐水迢迢，秋尽江南草未凋；二十四桥明月夜，玉人何处教吹箫？""落魄江湖载酒行，楚腰纤细掌中轻。十年一觉扬州梦，赢到青楼薄幸名。""娉娉袅袅十三余，豆蔻梢头二月初；春风十里扬州路，卷上珠帘总不如。"又想起徐凝的诗句："天下三分明月夜，二分无赖是扬州。"又想起王建的诗词："夜市千灯照碧云，高楼红袖客纷纷。"又想起张祜的诗："十里长街市井连，月明桥上看神仙；人生只合扬州死，禅智山光好墓田。"我在吟哦之下，梦见唐朝时候扬州的繁华。我又想起清人所作的《扬州画舫录》，这书中记述着乾隆年间扬州的繁盛景象，十分详尽。我又记起清朝的所谓"扬州八怪"，想象郑板桥、金冬心、罗聘、李方膺、汪士慎、高翔、黄悟、李鲜等潇洒不羁的文人画家寓居扬州时的风流韵事。最后想到描写清兵屠城的《扬州十日记》，打一个寒噤，不再想下去了。

回到旅馆里，询问账房先生，知道扬州有素菜馆。我们就去吃夜饭。这素菜馆名叫小觉林，位在电影院对面。我们在一个小楼上占据了一个雅座。一吟和新枚吃饱了饭，到对面看电影去了。我在小楼中独酌，凭窗闲眺，"十里长街"，"夜市千灯"，却全无一点古风。只见许多穿人民装的男男女女，熙攘往来，怡然共乐，比较起上海的市街来，特别富有节日的欢乐气象。这是什么缘故呢？我想了好久，恍然大悟：原来扬州市内晚上没有汽车，马路上很安全，所有的行人都在马路中央幢幢往来，和上海节日电车停驶时的光景相似，所以在我看来特别富有欢乐的气象。我一方面觉得高兴，一方面略感失望。因为我抱着怀古之情而到这邗左名都来巡礼，所见的却是一个普通的现代化城市。

晚餐后我独自在街上徜徉了一会，回到旅馆已经九点多钟。舟车劳顿，观感纷忙，心身略觉疲倦，倒身在床，立刻睡去。

忽然听见有人敲门。拭目起床，披衣开门，但见一个端庄而壮健的中年妇人站在门口，满面笑容，打起道地扬州白说："扰你清梦，非常抱歉！"我说："请进来坐，请教贵姓大名。"她从容地走进房间来，在桌子旁边坐下，侃侃而言："我姓扬名州，号广陵，字邗江，别号江都，是本地人氏。知道你老人家特地来访问我，所以前来答拜。我今天曾经到火车站迎接你，又陪伴你赴二十四桥，陪伴你上酒楼，不过没有让你察觉。你的一言一动，一思一想，我都知道。我觉得你对我有些误解，所以特地来向你表白。你不远千里而枉驾惠临，想必乐于听取我的自述吧？"我说："久慕大名，极愿领教！"她从容地自述如下：

"你憧憬于唐朝时代、清朝时代的我，神往于'烟花三月'、'十里春风'的'繁华'景象，企慕'扬州八怪'的'风流韵事'，认为这些是我过去的光荣幸福，你完全误解了！我老实告诉你：在一九四九年以前，一千多年的长时期间，我不断地被人虐待，受尽折磨，备尝苦楚，经常是身患痼疾，体无完肤，畸形发育，半身不遂，古人所赞美我的，都是虚伪的幸福、耻辱的光荣、忍痛的欢笑、病态的繁荣。你却信以为真，心悦神往地吟赏他们的诗句，真心诚意地想象古昔的盛况，不远千里地跑来凭吊过去的遗迹，不堪回首地痛惜往事的飘零。你真大上其当了！我告诉你：过去千余年间，我吃尽苦头。他们压迫我，毒害我，用残酷的手段把我周身的血液集中在我的脸面上，又给我涂上脂粉，加上装饰，使得我面子上绚焕灿烂，富丽堂皇，而内部和别的部分百病丛生，残废瘫痪，贫血折骨，臃肿腐烂。你该知道，士大夫们在二十四桥明月下听玉人吹箫，在月明桥上看神仙，干风流韵事，其代价是我全身的多少血汗！

"我忍受苦楚，直到一九四九年方才翻身。人民解除了我的桎梏，医治我的创伤，疗养我的疾病，替我沐浴，给我营养，使我全身正常发育，恢复健康。我有生以来不曾有过这样快乐的生活，这才是我的真正的光荣幸福！你在酒楼上看见我富有节日的欢乐气象，的确，七八年来我天天在过节日似的欢乐生活，所以现在我的身体这么壮健，精神这么愉快，生活这么幸福！你以前没有和我会面，没有看到过我的不幸时代，你也是幸福的人！欢迎你多留几天，我们多多叙晤，你会更了解我的光荣幸福，欢喜满足地回上海去，这才不负你此行的跋涉之劳呢！时候不早，你该休息了。我来扰你清梦，很对不起！"她说着就站起身来告辞。

我听了她的一番话，恍然大悟，正想慰问她，感谢她，她已经夺门而出，回头对我说一声"明天会！"就在门外消失了。

我走出门去送她，不料在门槛上绊了一下，跌了一跤，猛然醒悟，原来身在旅馆里的簇新的床铺上的簇新的被窝里！啊，原来是一个"扬州梦"！这梦比元人乔梦符的《扬州梦》和清人嵇留山的《扬州梦》有意思得多，不可以不记。

一九五八年春日作

西湖春游

我住在上海,离开杭州西湖很近,火车五六小时可到,每天火车有好几班。因此,我每年有游西湖的机会,而时间大都是春天。因为春天是西湖最美丽的季节。我很小的时候在家乡从乳母口中听到西湖的赞美歌:"西湖景致六条桥,间株杨柳间株桃。……"就觉得神往。长大后曾经在西湖旁边求学,在西湖上作客,经过数十寒暑,觉得西湖上的春天真正可爱,无怪远离西湖

的穷乡僻壤的人都会唱西湖的赞美歌了。

然而西湖的最美丽的姿态，直到解放之后方才充分地表现出来。解放后每年春天到西湖，觉得它一年美丽一年，一年漂亮一年，一年可爱一年。到了解放第九年的春天，就是现在，它一定长得十分美丽，十分漂亮，十分可爱。可惜我刚从病院出来，不能随众人到西湖去游春，但在这里和读者作笔谈，亦是"画饼充饥"，聊胜于无。

西湖的最美丽的姿态，为什么直到解放后才充分表现出来呢？这是因为旧时代的西湖，只能看表面（山水风景），不能想内容（人事社会）。换言之，旧时代西湖的美只是形式美丽，而内容是丑恶不堪设想的。

譬如说，你悠闲地坐在西湖船里，远望湖边楼台亭阁，或者精巧玲珑，或者金碧辉煌，掩映出没于杨柳桃花之中，青山绿水之间。这光景多么美丽，真好比"海上仙山"！然而你只能用眼睛来看，却切不可用嘴巴来问，或者用头脑来想。你倘使问船老大"这是什么建筑？""这是谁的别庄？"因而想起了它们的主人，那么你一定大感不快，你一定会叹气或愤怒，你眼前的"美"不但完全消失，竟变成了"丑"！因为这些楼台亭阁的所有者，不是军阀，就是财阀；建造这些楼台亭阁的钱，不是贪污来的，便是敲诈来的，剥削来的！于是你坐在船里远远地望去，就会隐约地看见这些楼台亭阁上都有血迹，隐约地听见这些楼台亭阁上都有被压迫者的呻吟声——这真是大杀风景！这样的西湖有什么美？这样的西湖不值得游！西湖游春，谁能仅用眼睛看看而完全不想呢？

　　旧时代的好人真可怜！他们为了要欣赏西湖的美，只得勉强屏除一切思想，而仅看西湖的表面，仿佛麻醉了自己，聊以满足自己的美欲。记得古人有诗句云："小事闲可坐，不必问谁家。"我初读这诗句时，认为这位诗人过于浪漫疏狂。后来仔细想想，觉得他也许怀着一片苦心：如果问起这小亭是谁家的，说不定这主人是个坏蛋，因而引起诗人的恶感，不屑坐他的亭子。旧时代的人欣赏西湖，就用这诗人的办法，不问谁家，但享美景。我小时候的音乐老师李叔同先生曾经为西湖作一首歌曲。且不说音乐，光就歌词而论，描写得真是美丽动人！让我抄录些在这里：

　　看明湖一碧，六桥锁烟水。
　　塔影参差，有画船自来去。
　　垂杨柳两行，绿染长堤。
　　飏晴风，又笛韵悠扬起。

　　看青山四围，高峰南北齐。
　　山色自空蒙，有竹木媚幽姿。
　　探古洞捆霞，翠扑须眉。
　　霍暮雨，又钟声林外起。

　　大好湖山如此，独擅天然美，
　　明湖碧，又青山绿作堆。
　　漾晴光潋滟，带雨色幽奇。
　　靓妆比西子，尽浓淡总相宜。

　　这歌曲全部，刊载在最近出版的《李叔同歌曲集》中。
　　我小时候求学于杭州西湖边的师范学校时，曾经在李先生亲自指挥之下唱这歌曲的高音部（这歌曲是四部合唱）。当时我年幼无知，只觉得这歌词描写西湖景致，曲尽其美，唱起来比看图画更美，比实地游玩更美。现在重唱一遍，回味一下，才感到前人的一片苦心：李先生在这长长的歌曲中，几乎全部是描写风景，绝不提及人事。因为那时候西湖上盘踞着许多贪官污吏，市侩流氓；风景最好的地位都被这些人的私人公馆、别庄所占据。所以倘使提及人事，这西湖的美景势必完全消失，而变成种种丑恶的印象。所以李先生作这歌词的时候，掩住了耳朵，停止了思索，而单用眼睛来观看，仅仅描写眼睛所看见的部分。这样，六桥烟水、塔影垂杨、竹木幽姿、古洞烟霞、晴光雨色，就形成一种美丽的姿态，好比靓妆的西施活美人了。这仿佛是自己麻醉，自己欺骗。采用这种办法，虽然是李先生的一片苦心，但在今天看来，实在是不足为训的！

然而李先生在这歌曲中，不能说绝不提及人事。其中有两处不免与人事有关：即"有画船自来去"，"笛韵悠扬起"。坐在这画船里面的是何等样人？吹出这悠扬的笛声的是何等样人？这不可穷究了。李先生只能主观地假定坐在画船里的是一群同他一样风流潇洒的艺术家，吹笛的是同他一样知音善感的音乐家，或者坐在画船里的是一群天真烂漫的游客，吹笛的是一位冰清玉洁的美人。这样，才可以符合主观的意旨，才可以增加西湖的美丽。然而说起画船和笛，在我回忆中的印象很不好。记得有一次我和几个朋友买舟游湖。天朗气清，山明水秀，心情十分舒适。忽然邻近的一只船上吹起笛来，声音悠扬悦耳，使得我们满船的人都停止了说话而倾听笛韵。后来这只船载着笛声远去，消失在烟波云水之间了。我们都不胜惋惜。船老大告诉我们：这船里载着的是上海来的某阔少和本地的某闻人，他们都会弄丝弦，都会唱戏，他们天天在湖上游玩……原来这些阔少和闻人，都是我们所"久闻大名"的。我听到这些人的"大名"，觉得眼前这"独擅天然美"的"大好湖山"忽然减色，而那笛声忽然难听起来，丑恶起来，终于变成了恶魔的啸嗷声。这笛声亵渎了这"大好湖山"，污辱了我的耳朵！我用手撩起些西湖水来洗一洗我的耳朵。——这是我回忆旧时代西湖上的"画船"和"笛韵"时所得的印象。

我疏忽了，李先生的西湖歌中涉及人事的，不止上述两处，还有一处呢，即"又钟声林外起"。打钟的是谁？在李先生的主观中大约是一位大慈大悲、大智大慧的高僧，或者面壁十年的苦行头陀，或者三戒具足的比丘。然而事实上恐怕不见得如此。在那时候，上述的那些高僧、头陀和比丘极少住在西湖上的寺院里。撞钟的可能是以做和尚为业的和尚，或者是公然不守清规的和尚。

　　李先生作那首西湖歌时，这些人事社会的内情是不想的，是不敢想的。因为一想就破坏西湖风景的美，一想就杀风景。李先生只得屏绝了思索和分辨，而仅用眼睛来看，不谈西湖的内容情状，而仅仅赞美西湖的表面形式。我同情李先生的苦心。我想，如果李先生迟生三十年，能够躬逢解放后的新时代，能够看到人民的西湖，那么他所作的西湖歌一定还要动人得多！

　　在这里我不免要讲几句题外的话：我记得资本主义社会的美学中，有一个术语叫作"绝缘"，英文是 isolation。所谓绝缘，就是说看到一个物象的时候，断绝了这物象对外界（人事社会）的一切关系，而孤零零地欣赏这物象本身的姿态（形状色彩）。他们认为"美感"是由于"绝缘"而发生的。他们认为：看见一个物象时，倘使想起这物象的内容意义，想起这物象对人类社会的关系、作用和意义，就看不清楚物象本身的姿态，就看不到物象的"美"。必须完全不想物象对人类社会的关系、作用和意义，而仅用视觉来欣赏它的形状和色彩，这才能够从物象获得"美感"。——这种美学学说的由来，现在我明白了：只因为在旧社会中，追究起事物的内容意义来，大都是卑鄙龌龊、不堪闻问的，因此有些御用的学者就造出这种学说来，教人屏绝思索，不论好坏，不分皂白，一味欣赏事物的外表，聊以满足美欲，这实在是可笑、可怜的美学！

　　闲话少说，言归本题。旧时代的西湖春游，还有一种更切身的苦痛呢。上述那种苦痛还可以用主观强调、自己麻醉等方法来暂时避免，而另有一种苦痛则直接袭击过来，使你身心不安，伤情扫兴，游兴大打折扣，这便是西湖上的社会秩序的混乱。游西湖的主要交通工具是游船，即杭州人所谓"划子"。这种划子一向入诗、入词、入画，真是风雅不过的东西，从红尘万丈的都市里来的人，坐在这种划子里荡漾湖中，真有"春水船如天上坐"的胜概。于是划划子的人就奇货可居，即杭州人所谓"刨黄瓜儿"。你要坐划子游西湖，先得鼓起勇气来，同划划子的人作一场斗争，然后怀着余怒坐到划子里去"欣赏"西湖景致。划划子的人本来都是清白的劳动者，但因受当时环境的压迫和恶劣作风的影响，一时不得不如此以求生存了。上船之后，照例是在各名胜古迹地点停船：平湖秋月、中山公园、西泠印社、岳坟、三潭印月、雷峰夕照、刘庄、汪庄……。这些名胜古迹的确是环肥燕瘦，各有其美，然而往往不能畅游，不能放心地欣赏。因为这些地方的管理者都特别"客气"，一看到游客，立刻端出茶盘来，倘使看到派头阔绰的游客，就端出果盒来。这种"盛情"，最初领受一二，也还可以；然而再而三，三而四，甚至而五、而六、而七……游客便受宠若惊，看见茶盘连忙逃走，不管后面传来奚落的、讥讽的叫声；若是陪着老年人游玩，处处要坐下来休息，而且逃不快，那就是他们所最欢迎的游客了，便是最倒霉的游客了。

　　游西湖要会斗争，会逃走——这是我数十年来的"宝贵"经验。直到最近几年，解放后几年，这"宝贵"经验忽然失却了效用。解放后有一年我到杭州,突然觉得西湖有些异样:湖滨栏杆旁边那些馋涎欲滴的划子手忽然不见了,讨价还价的斗争也没有了,只看见秩序井然的买票处和和颜悦色的舟子。名胜古迹中逐客的茶盘也不见了,到处明山秀水,任你逍遥盘桓。这一次我才十足地享受了西湖春游的快美之感!

"西子蒙不洁,则入皆掩鼻而过之。"解放前数十年间,我每逢游湖,就想起这两句话。路过湖滨的船埠头时,那种乌烟瘴气竟可使人"掩鼻"。解放之后,这西子"斋戒沐浴"过了,"大好湖山如此",不但"独擅天然美",又独擅"人事美",真可谓尽善尽美了! 写到这里,我的心已经飞驰到六桥三竺之间,神游于山明水秀、桃红柳绿之乡,不能再写下去了。

一九五八年春日作

故 宫 一 瞥

我看见故宫的某一部分中陈列着许多金银珠宝：其中黄金甚多，有六十只大金如意，按照甲子、乙丑、丙寅、丁卯……花甲之数。有十六个大金钟，按照黄钟、大吕、太簇、夹钟……音律之数。又有许多很高大、很精工的金宝塔，还有金面盆、金器皿等不计其数。有一个参观者对我说：这里的金子足有几千斤。同去游览的我的老妻对我说：农家妇女劳作了多年，积蓄些钱，上街来请银匠店打一个一二钱重的金戒指，视为至宝，传给子孙，想不到皇帝家里有这许多金子！我一面参观，一面想，他们聚敛这许多金银珠宝时，不知有没有想到他们自己会死，有没有想到他的封建势力会垮台，有没有想到他们的子孙，例如溥仪，会把金器偷出去卖给银行？如果没有想到，那真笨了，如果想到而自管聚敛，那更笨了！记得小时候读幼学书，卷首有一首叙述历代帝王的七言诗歌，第一句是"天皇地皇人皇氏"，以下历述夏、商、周、秦、汉、魏、晋、隋、唐、宋、元、明，直到清朝，末了一句是"神器万年归大清"。大约清朝的帝王相信了这一句，以为"神器"的确是"万年归大清"了，因此聚敛这许多金银珠宝，希望永远藏在"大内"，传给万代子孙，做梦也想不到今天会变成"故宫博物院"而给人民大众参观的吧。

这些金银珠宝，大概只是"大内"珍宝的一部分，或一小部分。因为我曾经在过去的记载中看到过，历来贪黩的权贵所收藏的珍宝财物，有的比这里多得多。手头有一册清朝无锡薛福成撰的"庸庵笔记"，第五十页上有一张查抄和珅住宅清单。和珅是乾隆所宠幸的一个极大的贪黩权贵。乾隆死后，嘉庆即位，诸臣弹劾，嘉庆列举其二十条大罪状，褫职下狱，赐自尽，籍其家。籍出来的财产，房屋、花园、铺号、市房、地亩之外，金银珠宝不计其数。把主要的抄录几项在下面：赤金五百八十万两、金元宝一千个（每个重一百两）、银元宝一千个（每个重一百两）、金痰盂一百二十个、金面盆一百十七个、银痰盂六百

余个、银面盆二百三十三个、金碗碟三十二桌（共四千二百八十八件）、银碗碟四千二百八十八件、金罗汉十八尊（每尊高一尺八寸）、白玉九如意三百八十七个、珊瑚树十棵（每棵高三尺八寸）、珊瑚数珠三百七十二盘、珍珠二百二十六串（每串十八颗）、红宝石一千一百六十余块、蓝宝石四千零七十块、端砚七百余方……容纳这许多宝物的房屋之大，可想而知，据说有正屋一所（十三进七十二间）、东屋一所（七进三十八间）、西屋一所（七进三十三间）、花园一所（楼台四十二座）、钦赐花园一所（楼台六十四座）、杂房等二百多间。……

这和珅还只是一个宠臣，就聚敛了这许多家当。帝王的家当可想而知了，故宫博物院珍宝室中所保存的，看来只是一小部分。但只就这一小部分看，不知聚敛的当时剥削了多少民脂民膏！不知有多少人民为此而牺牲幸福或者遭受苦痛！

我们今天的参观和欣赏，其代价是很大的呢！

一九五九年六月七日记于上海

杭州写生

我的老家在离开杭州约一百里的地方,然而我少年时代就到杭州读书,中年时代又在杭州作"寓公",因此杭州可说是我的第二故乡。

我从青年时代起就爱画画,特别喜欢画人物,画的时候一定要写生,写生的大部分是杭州的人物。我常常带了速写簿到湖滨去坐茶馆,一定要坐在靠窗的栏杆边,这才可以看了马路上的人物而写生。湖山喜雨台最常去,因为楼低路广,望到马路上同平视差不多。西园少去,因为楼高路狭,望下来看见的有些鸟瞰形,不宜于写生。茶楼上写生的主要好处,就是被写的人不得知,因而姿态很自然,可以入画。马路上的人,谁仰起头来看我呢?

为什么喜欢在茶馆楼上画呢?因为在路上画有种种不便:第一,被画的人看见我画他,他就戒备,姿态就不自然。如果其人是开通的,他就整一下衣服,装个姿势,好像坐在照相馆里的镜头面前一样。那时画出来就像一尊菩萨,不是我所需要的画材。画好之后他还要走过来看,看见寥寥数笔就表示不满,仿佛损害了他的体面。如果其人是不开通的,看见我画他,他简直表示反对,或竟逃脱。因为那时(四五十年前)有一种迷信,说拍照伤人元气,使人倒霉。写生与拍照相似,也是这些顽固而愚昧的人所嫌忌的。当时我有一个画同志,到乡下去写生,据说曾经被夺去速写簿,并且赶出村子外,差一点儿没有被打。我没有碰到这种情况,然而类乎此的常常碰到。有一次我看见一老妇和一少妇坐在湖滨,姿态甚好,立刻摸出速写簿来写生。岂知被老妇瞥见,她一把拉住少妇就跑,同时嘴里喃喃地骂。少妇临去向我白一眼,并且"呸"的吐一口唾沫,仿佛我"调戏"了她。诸如此类……。

　　第三种不方便,是在地上写生时,往往有许多闲人围着我看画。起初一二个人,后来越聚越多,同看戏法一样。而这些人有时也竟把我当作变戏法:有的站在我面前,挡住视线;有的挤在我左右,碰我的手臂;有的评长说短,向我提意见;有的小孩子大叫"看画菩萨头!"(他们称画人物为画菩萨头。)这些时候我往往没有画完就走,因为被画的人,

看见一堆人吵吵闹闹，他也跑过来看了！我走了，还有几个小孩子或闲人跟着我走，希望我再"表演"，简直同看戏法一样。

为了有这种种不方便，所以我那时最喜欢在茶楼上写生。延龄大马路①上车水马龙，行人如织，都是很好的写生模特儿！——这是我青年时代的事。

最近，我很少写生。主要原因之一，是眼力差了，老花眼看近处必须戴眼镜，看远处必须除去眼镜。写生时必须远处看一眼，近处看一眼，这就使眼镜戴也不好，不戴也不好。有些老花眼镜是两用的，上面是平光，下面是老光。然而老光只有小小一部分，只能看一小块，不能看全面，而画画必须顾到纸张全面。这种眼镜只宜于写字，不宜于画画。因此，我老来很少写生了。一定要写，只有把眼镜搁在眼睛底下鼻孔上面，好像滑稽画中的老头子。但这很不舒服，并且要当心眼镜落地。

然而我最近到杭州游玩时，往往故态复萌，有时不免要摸出笔记簿子来画几笔。这一半是过去习惯所使然，好像一到杭州就"返老还童"了。

使我吃惊的，是解放后在人民的西湖上写生，和从前在旧西湖上写生情形显然不同，上述的两种不方便大大地减少了。被画的人知道这是"写生"，不讨厌我，女人决不吐唾沫。反之，他们有的肯迁就我，给我方便。有一次我坐在湖滨的石凳上，看见

---

① 延龄路，即今杭州延安路。

一个老舟子坐在船头上吸烟，姿态甚佳，我就对他写生。他衔着旱烟筒悠然地看山水，似乎没有发觉我在画他。忽然一个女小孩子跑来，大叫一声"爷爷！"那老舟子并不向她回顾，却哼喝她："不要叫我！他在画我！"原来他早已发觉我画他了。这固然是一个特殊的例子，然而一般地说，人都开通了。这在写生者是一大方便。

围着看的人当然也有，然而态度和从前不同了。大都知道这是"写生"，就不用看戏法的态度对待我了。大都肃静地站在我后面，低声地互相说话："壁报上用的。""上海去登报的。"（他们从我同游的人身上看得出我们是上海来的。）有时几个青年还用"观摩"的态度看我作画，低声地说"内行"的话；倘有小孩子吵闹，他们代我阻止，给我方便。这些青年大概也会作画。现在作画的不一定是美术学校学生，一般机关团体里都有画家，壁报上和黑板报上不是常常有很好的画出现吗？

由此可知解放后人民知识都增加了，思想都进步了，态度都变好了。在"写生"这一件小事情中，也可以分明地看出。

一九五九年六月九日于上海记

黄 山 松

没有到过黄山之前，常常听人说黄山的松树有特色。特色是什么呢？听别人描摹，总不得要领。所谓"黄山松"，一向在我脑际留下一个模糊的概念而已。这次我亲自上黄山，亲眼看到黄山松，这概念方才明确起来。据我所看到的，黄山松有三种特色：

第一，黄山的松树大都生在石上。虽然也有生在较平的地上的，然而大多数是长在石山上的。我的黄山诗中有一句："苍松石上生。"石上生，原是诗中的话；散文地说，该是石罅生，或石缝生。石头如果是囫囵的，上面总长不出松树来，一定有一条缝，松树才能扎根在石缝里。石缝里有没有养料呢？我觉得很奇怪。生物学家一定有科学的解说；我却只有臆测：《本草纲目》里有一种药叫作"石髓"。李时珍说："《列仙传》言邛疏煮石髓。"可知石头也有养分。黄山的松树也许是吃石髓而长大起来的吧？

长得那么苍翠，那么坚劲，那么窈窕，真是不可思议啊！更有不可思议的呢：文殊院窗前有一株松树，由于石头崩裂，松根一大半长在空中，像须蔓一般摇曳着。而这株松树照样长得郁郁苍苍，娉娉婷婷。这样看来，黄山的松树不一定要餐石髓，似乎呼吸空气，呼吸雨露和阳光，也会长大的。这真是一种生命力顽强的生物啊！

第二个特色，黄山松的枝条大都向左右平伸，或向下倒生，极少有向上生的。一般树枝，绝大多数是向上生的，除非柳条挂下去。然而柳条是软弱的，地心吸力强迫它挂下去，不是它自己发心向下挂的。黄山松的枝条挺秀坚劲，然而绝大多数像电线木上的横木一般向左右生，或者像人的手臂一般向下生。黄山松更有一种奇特的姿态：如果这株松树长在悬崖旁边，一面靠近岩壁，一面向着空中，那么它的枝条就全部向空中生长，靠岩壁的一面一根枝条也不生。这姿态就很奇特，好像一个很疏的木梳，又像学习的"习"字。显然，它不肯面壁，不肯置身丘壑中，而一心倾向着阳光。

第三个特色，黄山松的枝条具有异常强大的团结力。狮子林附近有一株松树，叫作"团结松"。五六根枝条从近根的地方生出来，密切地偎傍着向上生长，到了高处才向四面分散，长出松针来。因此这一束树枝就变成了树干，形似希腊殿堂的一种柱子。我谛视这树干，想象它们初生时的状态：五六根枝条怎么会合伙呢？大概它们知道团结就是力量，可以抵抗高山上的风吹、雨打和雪压，所以生成这个样子。如今这株团结松已经长得很粗，很高。我伸手摸摸它的树干。觉得像铁铸的一般。即使十二级台风，漫天大雪，也动弹它不了。更有团结力强得不可思议的松树呢：从文殊院到光明顶的途中，有一株松树，叫作"蒲团松"。这株松树长在山间的一小块平坡上，前面的砂土上筑着石围墙，足见这株树是一向被人重视的。树干不很高，不过一二丈，粗细不过合抱光景。上面的枝条向四面八方水平放射，每根都伸得极长，足有树干的高度的两倍。这就是说：全体像个"丁"字，但上面一划的长度大约相当于下面一直的长度的四倍。这一划上面长着丛密的松针，软绵绵的好像一个大蒲团，上面可以坐四五个人。靠近山的一面

的枝条，梢头略微向下。下面正好有一个小阜，和枝条的梢头相距不过一二尺。人要坐这蒲团，可以走到这小阜上，攀着枝条，慢慢地爬上去。陪我上山的向导告诉我："上面可以睡觉的，同沙发床一样。"我不愿坐轿，单请一个向导和一个服务员陪伴着，步行上山，两腿走得相当吃力了，很想爬到这蒲团上去睡一觉，然而我们这一天要上光明顶，赴狮子林，前程远大，不宜耽搁；只得想象地在这蒲团上坐坐，躺躺，就鼓起干劲，向光明顶迈步前进了。

一九六一年五月十日记

黄山印象

看山，普通总是仰起头来看的。然而黄山不同，常常要低头去看。因为黄山是群山，登上一个高峰，就可俯瞰群山。这教人想起杜甫的诗句"会当凌绝顶，一览众山小！"而精神为之兴奋，胸襟为之开朗。我在黄山盘桓了十多天，登过紫云峰、立马峰、天都峰、玉屏峰、光明顶、狮子林、眉毛峰等山，常常爬到绝顶，有如苏东坡游赤壁的"履巉岩，披蒙茸，踞虎豹，登虬龙，攀栖鹘之危巢，俯冯夷之幽宫"。

在黄山中，不但要低头看山，还要面面看山。因为方向一改变，山的样子就不同，有时竟完全两样。例如从玉屏峰望天都峰，看见旁边一个峰顶上有一块石头很像一只松鼠，正在向天都峰跳过去的样子。这景致就叫"松鼠跳天都"。然而爬到天都峰上望去，这松鼠却变成了一双鞋子。又如手掌峰，从某角度望去竟像一个手掌，五根手指很分明。然而峰回路转，这手掌就变成了一个拳头。其他如"罗汉拜观音"、"仙人下棋"、"喜鹊登梅"、"梦笔生花"、"鳌鱼驮金龟"等景致，也都随时改样，变幻无定。如果我是个好事者，不难替这些石山新造出几十个名目来，让导游人增加些讲解资料。然而我没有这种雅兴，却听到别人新起了两个很好的名目：有一次我们从西海门凭栏俯瞰，但见无数石山拔地而起，真像万笏朝天；其中有一个石山由许多方形石块堆积起来，竟同玩具中的积木一样，使人不相信是天生的，而疑心是人工的。导游人告诉我：有一个上海来的游客，替这石山起个名目，叫作"国际饭店"。我一看，果然很像上海南京路上的国际饭店。有人说这名目太俗气，欠古雅。我却觉得有一种现实的美感，比古雅更美。又有一次，我们登光明顶，望见东海（这海是指云海）上有一个高峰，腰间有一个缺口，缺口里有一块石头，很像一只蹲着的青蛙。气象台里有一个青年工作人员告诉我：他们自己替这景致起一个名目，叫作"青蛙跳东海"。我一看，果然很像一只青蛙将要

跳到东海里去的样子。这名目起得很适当。

　　翻山过岭了好几天，最后逶迤下山，到云谷寺投宿。这云谷寺位在群山之间的一个谷中。由此再爬过一个眉毛峰，就可以回到黄山宾馆而结束游程了。我这天傍晚到达了云谷寺，发生了一种特殊的感觉，觉得心情和过去几天完全不同。起初想不出其所以然，后来仔细探索，方才明白原因：原来云谷寺位在较低的山谷中，开门见山，而这山高得很，用"万丈"、"插云"等语来形容似乎还嫌不够，简直可用"凌霄"、"通天"等字眼。因此我看山必须仰起头来。古语云："高山仰止"，可见仰起头来看山是正常的，而低下头去看山是异常的。我一到云谷寺就发生一种特殊的感觉，便是因为在好几天异常之后突然恢复正常的缘故。这时候我觉得异常固然可喜，但是正常更为可爱。我躺在云谷寺宿舍门前的藤椅里，卧看山景，

但见一向异常地躺在我脚下的白云，现在正常地浮在我头上了，觉得很自然。它们无心出岫，随意来往；有时冉冉而降，似乎要闯进寺里来访问我的样子。我便想起某古人的诗句："白云无事常来往，莫怪山僧不送迎。"好诗句啊！然而叫我做这山僧，一定闭门不纳，因为白云这东西是很潮湿的。

此外也许还有一个原因：云谷寺是旧式房子，三开间的楼屋，我们住在楼下左右两间里，中央一间作为客堂；廊下很宽，布设桌椅，可以随意起卧，品茗谈话，饮酒看山，比过去所住的文殊院、北海宾馆、黄山宾馆趣味好得多。文殊院是石造二层楼屋，房间像轮船里的房舱或火车里的卧车：约一方丈大小的房间，中央开门，左右两床相对，中间靠窗设一小桌，每间都是如此。北海宾馆建筑宏壮，房间较大，但也是集体宿舍式的：中央一条走廊，两旁两排房间，间间相似。黄山宾馆建筑尤为富丽堂皇，同上海的国际饭店、锦江饭店等差不多。两宾馆都有同上海一样的卫生设备。这些房屋居住固然舒服，然而太刻板，太洋化；住得长久了，觉得仿

佛关在笼子里。云谷寺就没有这种感觉，不像旅馆，却像人家家里，有亲切温暖之感和自然之趣。因此我一到云谷寺就发生一种特殊的感觉。云谷寺倘能添置卫生设备，采用些西式建筑的优点：两宾馆的建筑倘能采用中国方式，而加西洋设备，使外为中用，那才是我所理想的旅舍了。

这又使我回想起杭州的一家西菜馆的事，附说在此：此次我游黄山，道经杭州，曾经到一个西菜馆里去吃一餐午饭。这菜馆采用西式的分食办法，但不用刀叉而用中国的筷子。这办法好极。原来中国的合食是不好的办法，各人的唾液都可能由筷子带进菜碗里，拌匀了请大家吃。西洋的分食办法就没有这弊端，很应该采用。然而西洋的刀叉，中国人实在用不惯，我还是用筷子便当。这西菜馆能采取中西之长，创造新办法，非常合理，很可赞佩。当时我看见座上多半是农民，就恍然大悟：农民最不惯用刀叉，这合理的新办法显然是农民教他们创造的。

一九六一年五月二十日于上海记

上 天 都

　　从黄山宾馆到文殊院的途中，有一块独一无二的小平地，约有二三十步见方。据说不久这里要造一个亭子，供游人息足，现在已有许多石条乱放着了。我爬到了这块平地上，如获至宝，立刻在石条上坐下，觉得比坐沙发椅子更舒服。因为我已经翻了两个山峰，紫云峰和立马峰，尽是陡坡石级，羊肠坂道，两腿已经不胜酸软了。

　　坐在石条上点着一根纸烟，向四周望望，看见一面有一个高峰，它的峭壁上有一条纹路，远望好像一条虚线。仔细辨认，才知道是很长的一排石级，由此可以登峰的。我不觉惊讶地叫出："这个峰也爬得上的？"陪我上山的向导说："这个叫作天都峰，是黄山中最陡的一个峰，轿子不能上去，只有步行才爬得上。老人家不能上去。"

昨夜在黄山宾馆时，交际科的郝同志劝我雇一乘轿子上山。她说虽然这几天服务队里的人都忙着采茶，但也可以抽调出四个人来抬你上山。这些山路，老年人步行是吃不消的。我考虑了一下，决定谢绝坐轿。一则不好意思妨碍他们的采茶工作，二则设想四个人抬我一个人上山，我心情的不安一定比步行的疲劳苦痛得多。因此毅然地谢绝了，决定只请一个向导老宋和一个服务员小程陪伴上山。今天一路上来，老宋指示我好几个险峻的地方，都是不能坐轿，必须步行的。此时我觉得：昨夜的谢绝坐轿是得策的。我从过去的经验中发见一个真理：爬山的唯一的好办法，是像龟兔赛跑里的乌龟一样，不断地、慢慢地走。现在向导说"老人家不能上去"，我漫应了一声，但是心中怀疑。我想：慢慢地走，老人家或许也能上去。然而天色已经向晚，我们须得爬上这天都峰对面的玉屏峰，到文殊院投宿。现在谈不到上天都了。

在文殊院三天阻雨，却得到了两个喜讯，第26届世界乒乓球锦标赛，男女单打，中国都获得了冠军；苏联的加加林乘飞船绕地球一匝，安然回到本国。我觉得脸上光彩，心中高兴，两腿的酸软忽然消失了。第四天放晴，女儿一吟发兴上天都，我决定同去。她说："爸爸和妈妈在这里休息吧，怕吃不消呢。"我说："妈妈是放大脚[①]，固然吃不消；我又不是放大脚，慢慢

[①] 放大脚，指缠足陋习逐渐废绝而裹足后半途放松的小脚。

地走!"老宋笑着说:"也好,反正走不动可以在半路上坐等的。"接着又说,"去年你们画院里的画师来游玩,两位老先生都没有上天都。你老人家兴致真好!"大概他预料我走不到顶的。

从文殊院走下五六百个石级,到了前几天坐在石条上休息的那块小平地上,望望天都峰那条虚线似的石级,不免有些心慌。然而我有一个法宝,就是不断地、慢慢地走。这法宝可以克服一切困难。我坐在平地的石条上慢慢地抽了两根纸烟,精神又振作了,就开始上天都。

这石级的斜度,据导游书上说,是六十度至八十度。事实证明这数字没有夸张。全靠石级的一旁立着石柱,石柱上装着铁链,扶着铁链才敢爬上去。我规定一个制度:每跨上十步,站立一下。后来加以调整:每跨上五步,站立一下。后来第三次调整:每跨上五步,站立一下;再跨上五步,在石级上坐一下。有的地方铁链断了,或者铁链距离太远,或者斜度达到八十度,那时我就四条"腿"走路。

这样地爬了大约一千级，才爬到了一个勉强可称平地的地方。我以为到顶了，岂知山上复有山，而且路头比过去的石级更曲折，更险峻。有几个地方，须得小程在前面拉，老宋在后面推，我的身子才飞腾上去。

老宋说："过了鲫鱼背，离开山顶不远了。"不久，眼前果然出现了一个巨大的"鲫鱼"。它的背脊约有十几丈长，却只有两三尺阔，两旁立着石柱，柱上装着铁链。我两手扶着铁链，眼睛看着前面，能够堂皇地跨步；但倘眼睛向下一望，两条腿就不期地发起抖来，畏缩不前了。因为望下去一片石壁，简直是"下临无地"。如果掉下去，一定粉身碎骨。走完了鲫鱼背，我连忙在一块石头上坐下，透一口大气。我抽着纸烟，想象当初工人们立石柱、装铁链时的光景，深切地感到劳动人民的伟大，惭愧我的卑怯；扶着现成的铁链还要两腿发抖！

再走几个险坡，便到达了天都峰的最高处。这里也有石柱和铁链，也是下临无地的。但我总算曾经沧海了，并不觉得顶上可怕，却对于鲫鱼背

特别感兴趣。回去的时候，我站在鱼背顶点，叫一吟拍一张照。岂知这照片并无可观。因为一则拍照不能摄取全景，表不出高和险；二则拍照不能删除芜杂、强调要点，所以不能动人。在这点上绘画就可以逞强了：把不必要的琐屑删去，让主要的特点显出，甚至加以夸张或改造，表现出对象的神气，即所谓"传神写照"，只有绘画——尤其是中国画——最擅长。

上山吃力，下山危险——这是我登山的经验谈。下天都的时候，我全靠倒退，再加向导和服务员的帮助，才免除了危险。回到文殊院，看见扶梯害怕了。勉强上楼，倒在床里。两腿酸痛难当，然而回想滋味极佳。我想：我的法宝"像乌龟一样不断地、慢慢地走"，不但适用于老人登山，又可普遍地适用于老弱者的一切行为：凡事只要坚忍不懈地进行，即使慢些，也终于能获得成功。今天我的上天都已经获得成功了。欢欣之余，躺在床上吟成了一首小诗：

结伴游黄山，良辰值暮春。
美景层层出，眼界日日新。
奇峰高万丈，飞瀑泻千寻。
云海脚下流，苍松石上生。
入山虽甚深，世事依然闻。
息足听广播，都城传好音。
国际乒乓赛，中国得冠军。

一七九

飞船绕地球，勇哉加加林！
客中逢双喜，游兴忽然增。
掀髯上天都，不让少年人。

　　　　　　一九六一年五月十一日于上海记

饮水思源
—— 参观江西革命根据地随笔

你看，我衣襟上挂着一个金碧辉煌的徽章，这是我在参观瑞金革命根据地的时候，当地人送我的。瑞金地方，革命纪念地独多，前往瞻仰的人不绝，所以当地人特制一种徽章，赠送给参观者，让他们也沾一些光。

这徽章红地金边，浮雕着一个"红军烈士纪念塔"和一个五角星，题着"参观瑞金纪念"六个金字。这红军烈士纪念塔建设在瑞金附近的叶坪地方。我曾经到叶坪参观。这是一个乡村，青山环绕，古木参天。这些古木都是合抱不交的大樟树，根枝盘曲，形似虬龙。其中有当年的临时中央工农民主政府遗址，有毛主席的故居，都是些旧式老屋，土墙板壁，泥地纸窗；和我们在瑞金寓居的高大华丽而卫生设备齐全的洋楼比较起来，相差足有两个世纪。这里面有当时领导同志们所住的房间、所用的办公室以及会议厅等，都有牌子标志着。室中动用器杂，都照老样，有些确是原物，有些是曾经损坏而照原样修补或仿制的。我目睹这些光景，回想当年斗争中的艰苦生活和坚毅精神，对照着目前新中国的巨大胜利和辉煌建设，抚今思昔，不觉愧感交集，五体投地。我们现在幸福地享受着胜利果实，原来这果实是这样艰辛地培植出来的！

红军烈士纪念塔建设在一个场上，对面是一个阅兵台。塔和台之间，地上用水门汀砌出九个大字："踏着先烈的血迹前进！"附近便是毛主席的故居。这故居是一间非常陈旧而低小的楼屋，房间都只有一个窗洞，装着几根木栅。屋外有三株老樟树，都是合抱不交的，那些枝干交错纵横，望去形似假山。据说当年毛主席常常在这些大树底下读书。如果我当时看到这情景，一定当他是个隐士。岂知这隐士胸中正在旋转乾坤，决胜千里之外！

附近还有一株极大的樟树，那些根形成一个环门，环门里面掘着一个很深的洞，是当时躲避敌人飞机用的防空洞兼金库。现

在遍布全国各地的人民银行，都是由这个洞变成的！

瑞金附近还有一个乡村，叫作沙洲坝。这地方有一个井，名叫"红井"，是当年毛主席亲自参加挖掘的。那口井旁边立着一块牌子，上面题着字："吃水不忘挖井人，时刻想念毛主席。"后面记着："一九五一年三月沙洲坝全体人民敬立"。我在这井畔俯仰徘徊，不忍遽去。前几天我道经南昌的时候，参观"八一纪念馆"，看见里面陈列着八一起义时的各种纪念物：盛茶水的缸、马灯、手电筒、杯盏、刀枪、衣服等，都是极粗陋的，充分说明当时斗争中的艰苦生活。我的愧感达到了惶恐的程度。参观后，主管人拿出册子，来要我题字，我乘着兴奋题了"饮水思源"四个大字。现在看到这个红井，心中纳罕：这真是饮水思源了！我就摸出手册来替这红井画了一幅图画。在瑞金的寓楼里，我听当地一位书记的报告：当时毛主席和人民一起生活，一起劳动。当农民们插秧休息的时候，毛主席下田去帮他们插。沙洲坝的人民至今传为美谈。

回到瑞金城内参观

"革命纪念馆"的时候,我又受到了极大的感动。这纪念馆楼上有一个房间里陈列着一块破旧了的暗红色的招牌,上面题着"中央内务人民委员会"九个大字。这是当年被"围剿"的时候老百姓偷藏起来,保存到今天的。大概偷藏在阴暗潮湿的地方,所以边缘都腐烂了,红色都晦暗了,字迹也有些模糊了。这偷藏是一件极大的冒险工作!如果被反动派查出,全家性命交关呢!人民肯冒极大的危险,拼全家性命来保藏这块招牌,足证人民对革命政府的爱护之心,深切到无以复加了!全仗着毛主席的英明领导和这些人民的忠诚拥护,革命才能成功,中国才能解放,我们才能享福!

革命纪念馆里还有一只玻璃柜子,也引起我强烈的感动。这里面陈列着各种草,是当年斗争中红军当饭吃的。因为他们常常躲藏在深山中,粮食供应断绝,就采这些草来当饭吃。草有五种,叫作"人参果"、"艾子菜"、"秋鱼菜"、"野苋菜"、"车藤草"。这些草陈列在柜子里,现在当然枯焦了,但看形状,可以想见是一般人不要吃的野草。我们这次访问瑞金,蒙当局隆重招待,吃的是鸡鸭鱼肉。我和夏理彬医生虽然吃素,但用眼睛来享受了荤菜,又用嘴巴来享受精美的素菜,想起了当年红军吃这五种野草,真惭愧得背上流汗。

这种艰苦奋斗的精神,给了我很大的革命教育,而且当场就应验:有一次我们去参观一个矿山,为了有些同人进矿穴去参观,出来得迟了,我们到两点多钟才吃午饭。我着实觉得肚饥,然而一想起当年战士们艰苦奋斗的精神，肚子就不饿了，觉得即使不吃一餐中饭，也算不了一回事。又有一次，我在上井冈山的途中患病了，在兴国的招待所里躺了一天。虽然是医生照顾得好，但一半是江西人民的革命精神的感召，使我次日就退热，终于赶上队伍，上井冈山。我平日在家里，一经发烧，就要缠绵床褥至十余天之久，这次立刻复健，显然是受了革命精神的感召了。

　　我感谢江西革命根据地的人民，我决心学习他们的革命精神，为社会主义建设做出更大的贡献。我在归车里作了一首小诗；附录于此：

　　　　闻道瑞金好，雄名震四方。
　　　　当年鏖战地，今日富饶乡。
　　　　红井千秋泽，青山百世芳。
　　　　功成遗迹在，抵掌话沧桑。

一九六一年十月六日记于上海

化作春泥更护花
——参观江西革命根据地随笔

我平生——孩童时代不算——难得流眼泪;但这次在南昌的烈士纪念堂里,竟流了不少。这里面的灵堂里,左右两排玻璃柜子,里面陈列着许多装潢很隆重的册子,是当年江西各地为解放战争而牺牲的烈士的名册。翻开来一看,里面记录着烈士的姓名、年岁、籍贯等;各村、各乡分别造册,有的一村牺牲数千名,有的一乡牺牲数万名,都用工整的楷书历历地记载着。楼上几个大房间的墙壁上,挂着许多烈士的照片,鲁迅先生记录过的刘和珍女烈士亦在其内。玻璃柜子里陈列着各烈士的遗物,有书册、信件、器什、血衣等,教人看了更是悲愤交集。

江西人民为革命付出了巨大的代价!据报道:第一次大革命时期江西全省人口有二千六百多万。到了一九四九年解放的时候，只剩下一千三百万。这就是说，在革命的斗争中被反动派摧残了一半人口。长征开始之后，国民党在江西各革命根据地进行了疯狂的烧杀。他们提出三句口号，叫作"茅厕要过火，石头要过刀，人要换种"。这期间江西人民死在敌人屠刀之下的共有七十多万。宁都县满门抄斩的有八千三百家。井冈山的村落全部被烧光。兴国一县参军者有六万多人，参加长征者有三万多人；解放时只剩三百多人。

江西人民用千百万生命来换得了胜利！这些烈士的血化作了革命的动力，激励了全国人民的心，取得了巨大的胜利。我瞻仰烈士纪念堂之后，想起了古人的两句诗："落红不是无情物，化作春泥更护花。"这两句诗看似风雅优美，其实沉痛悲壮；看似消沉的，其实是积极的。这就是"化悲愤为力量"！我把这两句诗吟了几遍，胸中的郁勃才消解了些。

我在南昌又参观了"八一纪念馆"。这里面陈列着"八一"起义时的各种纪念物。其中有当时所用的茶水缸、马灯、手电筒、武器以及红军的用品等，教人看了非常感动。这屋子本来是江西大旅社，周恩来、叶挺等同志当时住过的房间、用过的会议室，都照当时的原样保存着。朱德同志用过的手枪，也陈列在这里。贺龙指挥部的楼窗上，还留着当时的弹痕呢！

我又参观了当年朱德同志领导的"军官教导团"的旧址。现在这里面住着军士，但有一个房间里保留着朱德同志当时所用的床。这只床真使人吃惊：不但没有棕绷，竟连松板也没有，只是在木框子上钉着八九条竹片，每两条之间相距约有一两寸，上面铺一条薄薄的褥子，是当时的原物。我用手按按褥子，底下的竹片就一条一条地突出来，想见身体躺在这上面，是很不舒服的。如果躺过一夜，早上起来说不定身上会起条纹呢。我想想这种艰苦奋斗的精神，觉得愧感交集。我住在南昌的江西宾馆里，睡的是席梦思床，同这只床比较起来，真是天差地远。我有什么功德，今天来享受这幸福呢？

这种艰苦奋斗的精神，普遍地贯彻在江西革命根据地人民的心中。据当地的老英雄们说：他们为了支援前线，宁可自己少吃少穿。在极艰苦的期间，他们曾经发起"每王每人约一两米、一个铜板"的运动。当干部的每人每天只有十二两米和一角钱的菜钱。为了支援红军，还有自动提出自带粮食，不吃公粮的。当时瑞金的人民有一支歌："白塔巍峨矗立，绵江长流向东。红色儿女前仆后继，任凭血雨腥风。"赣南区党委的第一书记刘建华同志曾经参加游击战十九年，直到解放为止。他告诉我们：那时候

敌人搜山"清剿",游击队天天要从这山头转到那山头,躲避危险。特别是从一九三五到一九三七年,最为艰苦,三年间极少有脱衣服睡觉的日子。吃的是野菜竹笋,有时简直挨饿。冬天没有棉被,坐在火堆旁边过夜。虽然敌人颁布了"通匪者杀"和"移民并村"等恶毒的办法,但是群众还是冒着生命危险,给游击队送情报,送衣服,送粮食。真是艰苦卓绝啊!

这种艰苦卓绝的精神和这种悲愤,都化作了无穷大的力量,取得了辉煌的胜利,又推动着伟大的社会主义建设。因人成事而坐享成果的我们,安得不感谢这些烈士和英雄,而尽心竭力地为社会主义建设服务呢?我在南昌填了一阕《望江南》:

南昌好,八一建奇勋。饮水思源怀烈士,揭竿起义忆群英。青史永留名。

〔1961年〕

有 头 有 尾
——参观江西革命根据地随笔

赣州有一种名菜,叫作"鱼头鱼尾羹"。这是一碗淡黄色的羹,两边露出一个鱼头和一个鱼尾。表面看去,这碗里盛着一个鱼,鱼身淹没在羹中,鱼头鱼尾露出在外面。然而实际上只是一碗羹,里面并没有鱼身,只是一个鱼头和一个鱼尾装饰在碗的两边上。羹是用蛋和鱼肉做成的,味道非常鲜美。吃到碗底,看见一根鱼骨,鱼头鱼尾就长在这鱼骨的两端,这些是看而不吃的。据说这是"有头有尾"的意思。

我们这江西革命根据地参观团二十几个人中,我和夏理彬医师是吃素的,夏医师吃素很严格。我比他宽些:肉类绝对不能吃,不得已时吃些鱼也无妨。但是这回看到这碗鱼头鱼尾羹,非不得已也吃了。因为我喜爱这菜名的意义:有头有尾,贯彻到底。饭后我作了一首小诗：

> 赣州有名菜，鱼头鱼尾羹。
> 我爱此佳肴，教育意味深：
> 有头必有尾，有叶必有根；
> 有始必有终，坚决不变心。
> 革命须到底，有志事竟成。
> 我爱此意义，多吃一瓢羹。

八境公园里有一个地方壁上刻着三句话："以革命的意义想想过去，以革命的精神对待现在，以革命的志气创造未来。"这就是革命有头有尾的意思吧。江西革命根据地的人民的确体现了这种精神：他们过去艰苦奋斗，不惜牺牲，终于取得了胜利；现在还是本着艰苦奋斗的传统精神，努力于社会主义建设。所以解放以来十二年间，各地的建设迅速发展，有如雨后春笋；日新月异，有如百花竞放。像赣州这八境公园，设计之妥善，布置之新颖，装饰之美观，尤其是地势之优胜，在我们上海是找不出比拟的。我永远不能忘记那天在八境台上的集会：

八境台位在八境公园中曲径通幽之处，建立在一个小山上。是日也，天朗气清，凭栏远眺，可以望见章江和贡江合流的交点。细看波纹，两条江水会合的地方稳约有界线可辨，奔腾澎湃，异途同归，仿佛是井冈山会师的象征，真是天下之伟观！两岸山上树木郁郁苍苍，其间处处露出红色的屋顶来，是工厂及疗养院之类的建筑物。隔江遥望郁孤台，我想起了辛稼轩"郁孤台下清江水，中间多少行人泪"之句，窃笑稼轩当年登台时情怀的凄凉，又窃喜我今天登台时心境的愉快。两江沿岸，青青的作物漫山遍野，说明着赣南土地的肥沃与生产的丰富。听说今年已经遭过两次旱灾和七次水灾，然而一点也没有灾荒的痕迹，这又说明着人民公社的伟力和赣州人民的干劲。当我们在八境台集会的时候，就有一位七十八岁的老翁陈锐朗诵一首七律来欢迎我们。诗云：

    济济群贤集上游，登临消尽古今愁。
    江分章贡滩声急，雨洗崆峒景色幽。
    文化千年留胜迹，物资八面集虔州。
    锋烟销仗东风力，世界和平不用忧。

  接着有人拿出文房四宝来，要我作画留念。我想，今天这个胜会，草草画几笔不足以纪念；仔细经营描写呢，又为环境和时间所不许。怎么办呢？忽然计上心来，我利用茶会的时间，嗑着瓜子，和了一首诗，迅速地写了一条立幅交卷，并约以后作画补呈。从南昌陪我们来此的潘震亚副省长就扯起了江西调头，把我的和章当众朗诵一遍：

    负笈迢迢胜地游，关山易越不须愁。

双江合处三山艳，八境台前五岭幽。
　　樟木钨沙多特产，英雄战士壮名州。
　　地灵人杰天时好，远大前程永勿忧。

　　回寓后我写了一幅双江合流图，送给八境台留念。同人中为此游赋诗填词者甚多。我们此次是为了接受革命传统教育而负笈来游的，但这八境台之会竟成了一个雅集，使得这参观团更加丰富多彩了。

　　主人殷勤招待，临行前一日又引导我们去游览通天岩。岩在市外十余里之处，不甚高，但是布置设备都很新颖整洁，这也是解放之后重修过的。岩上有石屋，宽广可容数十人坐卧。石屋外面岩壁上雕刻着无数佛像、神像和明、清以来许多游客的题词。其中有一处名曰"忘归岩"，内有两只天然的石床。我试躺一下，觉得很舒服。岩壁上刻着王守仁的题诗：

　　青山随地佳，岂必故园好？
　　但得此身闲，尘寰亦蓬岛。
　　西林日初暮，明月来何早？
　　醉卧石床凉，洞云秋风扫。

我对步韵发生了兴味，也和了他一首：

石屋何轩敞，坐憩①心情好。
雕像满四壁，如入群仙岛。
身在忘归岩，谁肯归去早？
仰卧石床上，碧天净如扫。

次日告别赣州，我在归车中回想：赣州人不但富有革命精神，又富有艺术趣味。风景区建设的优美精致和对来宾招待的殷勤风雅，充分说明着他们的生活的丰富。怪不得连筵席上的一盘羹都含有教育意义和人生情味了。这真是可佩服的，可学习的。我在归车中又填了一阕《菩萨蛮》送给赣州：

郁孤台上秋风袅，虔州圣地双江抱。草木尽生光，山川万里香。

崆峒眉样秀，章贡眼波溜。沃野绿无边，穰穰大有年。

一九六一年十月九日记于上海

---

① 后来作者将"坐憩"改为"息足"。

赤栏杆外柳千条
—— 参观景德镇随笔

"白如玉，明如镜，薄如纸，声如磬。"这是景德镇瓷器的特色。景德镇的瓷器制造，历史悠久，在唐朝时代就很有名，经过宋、明、清三代，更加进步。但在反动派统治期间，日趋衰落，产量减少，质量粗劣。解放以后方才大大地发展：解放那年产量只有三十万担，现在已经达到一百十万担，打破了古来的纪录（过去最高八十万担）；质量上也恢

复了上述的特色。

　　这里共有十二个大厂，每厂都有工人一二千到三四千名。我参观了六个厂，其中有一般的，有绘画的，有雕塑的。我从原料的陶土一直参观到制成品，中间经过手续的复杂和巧妙，实在使我吃惊。给我印象最深的，是一条龙的加工。但见一条很长很长的板条上，均匀地排列着许多尚未完成的盆子。这板条慢慢地向一头移行，慢得很，比我走路还慢些。板条旁边坐着七八个人，每两人相距约一二丈，每个前面有小桌子，桌子上有种种工具。第一个人从板条上拿起一只盆子来，用某种工具给它加一下工，立刻放在板条上，让它开过去，再拿起第二只盆子来同样地加工。第二、第三……个人照样地做，不过所加的工各不相同：有的是拿起来揩一揩，有的是拿起来在某地方刮一刮，有的是拿起来画一笔，有的是拿起来在底上盖个章……板条这样川流不息地移行，板条上的盆子的加工逐渐完成起来。

　　我看得发呆了。我想：这几个人必须鼓足干劲，专心一志地对付这工作，绝对不许怠慢一下。如果一怠慢，那只盆子就安稳

地坐在板条上慢慢地向那边开过去,绝不会向这人喊"快替我加工!"而这一道加工手续就脱漏了。我们许多上海人嘈嘈杂杂地在旁边参观,这些工人有时不免向我们看一眼。这时候我替他们担心,然而他们很敏捷,绝不为了看一眼而耽误工作。

参观过后,我到景德镇市内去看看市容,买些瓷器。我对于景德镇的市容,同瓷器一样地赞美。这里有两架浮桥,红色的栏杆映着青山碧水,非常美丽。我想,景德镇以前属浮梁县,"浮梁"这个名词是不是从浮桥来的?但也不加考据。交际处附近有一个小湖,湖边围绕着红色的栏杆,栏杆旁边有许多高大的杨柳树,长长的柳条垂垂地挂下来,有的拂着红栏,有的吻着碧水。柳荫深处,露出小小的红亭翠馆,风景颇像杭州的西湖,惹起我怀乡之感。景德镇的街道很宽广,建筑很宏壮,竟有些像上海的闵行。

瓷器门市部里货物充斥,琳琅满目。有几个大花瓶比我的身体还高。画在瓷板上的风景、人物、花卉都很工致,望去竟像装在镜框子里的画幅。可惜旅途上不便携带,我只买了几只杯盏。归车中为景德镇吟了两首诗:

一九七

沿郊厂宇似森林,景德陶瓷盖世名。
买得彩纹杯盏去,从今茶饭有精神。

金风送爽碧天高,赣北秋光分外娇。
长忆浮梁风景好,赤栏杆外柳千条。

一九六一年十月十日记于上海

耳目一新

我业余爱好什么,实在想不出来。平生既不爱种花养鸟,又不喜看戏听书。别人说我爱旅行,我就承认了吧。因为近年来的确常常旅行,而且觉得旅行的确有可爱之处。

可爱的是什么呢? 就是环境变更,耳目一新。长年居家,长

年供职，环境老是这一套，实在看厌了。倘能换一个环境，不但耳目一新，知识见闻也可以增进。例如去年我游黄山，又游井冈山，不但开了胸襟，又广了眼界，至今不忘。

黄山内部十分复杂，峰峦丘壑，变化千万。宾馆、温泉、文殊院、万松林、云谷寺……各有其特色。我在每处耽搁，好似游了许多码头。古昔风雅人士，往往喜欢看山。李太白说："相看两不厌，只有敬亭山。"是否敬亭山也同黄山一样复杂，所以看不厌呢？

江西之游，变化更多。我在二十几天之内游历了八个地方：南昌、吉安、井冈山、赣州、瑞金、兴国、抚州、景德镇。平均每个地方不过耽搁二三天，南去北来，席不暇暖。有时认错了地方，把乙地的旅馆当作甲地的旅馆，有时认错了人，把乙地的主人当作甲地的主人，笑话甚多。但旅行的妙处，即在于此。我最后来到景德镇时，回想过去各地风光，但觉头脑里装满了许多新鲜印象。这二十几天的收获足抵得家居数十年呢！

因此回想起抗战前在故乡石门湾缘缘堂时的旧事来：那时我蛰居故乡，但常常赴杭州小住。只到杭州，嫌其变化太简单，于是不

乘火车,却雇一只客船,在运河里慢慢地走。客船走两天可到,我却要它走四天,在沿河各码头泊宿。客船里自带被褥,自办伙食,同家里一样。到了一个码头,就上岸去游览。有时买些当地土产带回船内,有时就在市内小酒家买醉,有时画了许多人物风景的速写。记得有一次雨天泊宿塘栖,塘栖街上家家门口有凉棚,落不着雨,我可照样登岸游览、饮酒或写生,真是快意!夜宿船中,雨打船篷,潇潇之声就在头上,颇觉稀罕。那时往往想起皇甫松的词:"闲梦江南梅热日,夜船吹笛雨潇潇,人语驿边桥。"从石门湾到杭州,乘火车只消半天,坐船却花四天,乘火车只费几角钱,坐船却花十来块钱。当时有人笑我太傻。但我自得其乐。因为多花这些时间和金钱,来换个耳目一新,还是合算的。

壬寅〔1962〕新秋于上海记

天童寺忆雪舟

春到江南，百花齐放。我动了游兴，就在三月中风和日暖的一天，乘轮船到宁波去作旅行写生了。

宁波是我旧游之地，然而一别已有二十多年，走入市区，但觉面目一新，完全不可复识了。从前的木造老江桥现在已变成钢架大桥，从前的小屋现已变成层楼，从前的石子路现已变成柏油马路……街上车水马龙，商店百货山积。二十多年不见，这老朋友已经返老还童了！

我是来作旅行写生的，希望看看风景，首先想起有名的天童寺。这千年古刹除风景优胜之外，对我还有一点吸引力；这是日本有名的画僧雪舟等杨驻锡之处，因此天童二字带着美术的香气。我看过宁波市区后，次日即驱车赴天童寺。

天童寺离市区约五十里，小汽车一小时即到。将近寺院，一路上长松夹道，荫蔽天日；松风之声，有如海潮。走进山门，但见殿宇巍峨，金碧辉煌，庄严七宝，香气氤氲。寺屋大小不下数百间，都布置得清楚齐整，了无纤尘。寺址在山坡上，层层而上，从最高的罗汉堂中可以望见寺院全景。我凭栏俯瞰，想象五百年前曾有一位日本高僧兼大画家住在这里，不知哪一个房间是他的起居坐卧作画之处。古人云："登高望远，令人心悲。"我现在是登高怀古，不胜憧憬！

在寺吃素斋后，与同游诸人及僧众闲谈，始知此寺已有千余年历史，其间两次遭大火，一次遭山洪，因此文物损失殆尽，现在已经没有雪舟的纪念物了。但同游诸人都知道雪舟之名，因为一九五六年雪舟逝世四百五十年纪念，上海曾经开过雪舟遗作展览会，我曾经作文在报上介绍。我们就闲谈雪舟的往事。僧众听了，都很高兴，庆幸他们远古时具有这一段美术胜缘。我所知道的雪舟是这样：

雪舟姓小田，名等杨，是十五世纪日本有名画

僧,是日本"宋元水墨画派"的代表作家。日本人所宗奉的中国水墨画家,是宋朝的马远与夏圭。雪舟要探访这画派的发源地,曾随日本的遣唐使来华,其时正是明朝宪宗年间。明朝宫廷办有画院,画家都封官职。明代名画家戴文进、倪端、李在、王谔等,都是画院里的人。李在是马远、夏圭的嫡派,雪舟一到北京,就拜李在为师,专心学习水墨画。他一方面临摹古画,一方面自己创作。经过若干时之后,他忽然悟到:作画不能专看古人及别人之作,必须师法大自然,从现实中汲取画材。于是离开北京,遍游中国名山大川。后来到了浙江宁波,看见这天童寺地势佳胜,风景优美,就在这寺里当了和尚。僧众尊崇他,称他为"天童第一座"。他在天童寺一面礼佛,一面研究绘画,若干时之后,画道大进。明宪宗闻知了,就召他进宫,请他为礼部院作壁画。这壁画画得极好,见者无不赞叹。于是求雪舟作画的人越来越多,使得他应接不暇。他在中国住了约四年,然后回国,他在这四年间与中国人结了不少翰墨因缘。

我又想起了雪舟的两种逸话,乘兴也讲给大家听。

有一个中国人求雪舟一幅画,要求他画日本风景。雪舟就画日本田之浦地方的清见寺的风景,其中有个宝塔,亭亭独立,非常美观。后来雪舟返国,来到田之浦,一看,清见寺旁边并没有宝塔。大约是原来有塔,后来坍倒了。雪舟想起了在中国应嘱所写的那幅画,觉得不符现实,很不称心。他就自己拿出钱来,在清见寺旁边新造一个宝塔,使实景和他的画相符合。于此可见他作画非常注重反映现实。

　　雪舟十二三岁就做和尚。但他不喜诵经念佛，专爱描画。他的师父命令他诵经，他等师父去了，便把经书丢开，偷偷地拿出画具来描画。有一次他正在描画，师父忽然来了。师父大怒，拉住他的耳朵，到大殿里，用绳子把他绑在柱子上，不许他行动和吃饭。雪舟很苦痛，呜咽地哭泣，眼泪滴在面前的地上。滴得多了，形状约略像个动物。雪舟便用脚趾蘸眼泪作画，画一只老鼠。即将画成的时候，师父悄悄地走来了。他站在雪舟背后，看见地上一只老鼠正在咬雪舟的脚趾。仔细一看，原来是画。因为画得很好，师父以为是真的老鼠。这时候师父才认识了他的绘画天才，便释放他，从此任凭他自由学画。这便是这大画家发迹的第一步。

　　我们谈了许多旧话之后，就由寺僧引导，攀登寺旁的玲珑岩，欣赏松涛。那里有老松千百株，郁郁苍苍，犹似一片绿海。松风之声，时起时伏，亦与海涛相似。有亭翼然，署曰"听涛",是我所手书的。寺僧告我,某树是宋代之物,某树是元代之物。我想;某些树一定是曾经见过雪舟,可惜它们不肯说话,不然,关于这位画僧我们可以得知更多的史实。

一九六三年三月于上海

不肯去观音院

普陀山，是舟山群岛中的一个岛，岛上寺院甚多，自古以来是佛教胜地，香火不绝。浙江人有一句老话："行一善事，比南海普陀去烧香更好。"可知南海普陀去烧香是一大功德。因为古代没有汽船，只有帆船；而渡海到普陀岛，风浪甚大，旅途艰苦，所以功德很大。现在有了汽船，交通很方便了，但一般信佛的老太太依旧认为一大功德。

我赴宁波旅行写生，因见春光明媚，又觉身体健好，游兴浓厚，便不肯回上海，却转赴普陀去"借佛游春"了。我童年时到过普陀，屈指计算，已有五十年不曾重游了。事隔半个世纪，加之以解放后普陀寺庙都修理得崭新，所以重游竟同初游一样，印象非常新鲜。

我从宁波乘船到定海，行程三小时，从定海坐汽车到沈家门，五十分钟；再从沈家门乘轮船到普陀，只费半小时。其时正值二月十九观世音菩萨生日，香客非常热闹，买香烛要排队，各寺院客房客满。但我不住寺院，住在定海专署所办的招待所中，倒很清静。

我游了四个主要的寺院：前寺、后寺、佛顶山、紫竹林。前寺是普陀的领导寺院，殿宇最为高大。后寺略小而设备庄严，千年以上的古木甚多。佛顶山有一千多石级，山顶常没在云雾中，登楼可以俯瞰普陀全岛，遥望东洋大海。紫竹林位在海边，屋宇较小，内供观音，住居者尽是尼僧；近旁有潮音洞，每逢潮涨，涛声异常洪亮。寺后有竹林，竹竿皆紫色。我曾折了一根细枝，藏在衣袋里，带回去作纪念品。这四个寺院都有悠久的历史，都有名贵的古物。我曾经参观两只极大的饭锅，每锅可容八九担米，可供千人吃饭，故名曰"千人锅"。我用手杖量量，其直径约有两手杖。我又参观了一只七千斤重的钟，其声洪大悠久，全山可以听见。

这四个主要寺院中，紫竹林比较的最为低小；然而它的历史在全山最为悠久，是普陀最初的一个寺院。而且这开国元勋与日本人有关。有一个故事，是紫竹林的一个尼僧告诉我的，她还有一篇记载挂在客厅里呢。这故事是这样：

千余年前，后梁时代，即公历九百年左右，日本有一位高僧，名叫慧锷的，乘帆船来华，到五台山请得了一位观世音菩萨像，将载回日本去供养。那帆船开到莲花洋地方，忽然开不动了。这慧锷法师就向观音菩萨祷告："菩萨如果不肯到日本去，随便菩萨要到哪里，我和尚就跟到哪里，终身供养。"祷告毕，帆船果然

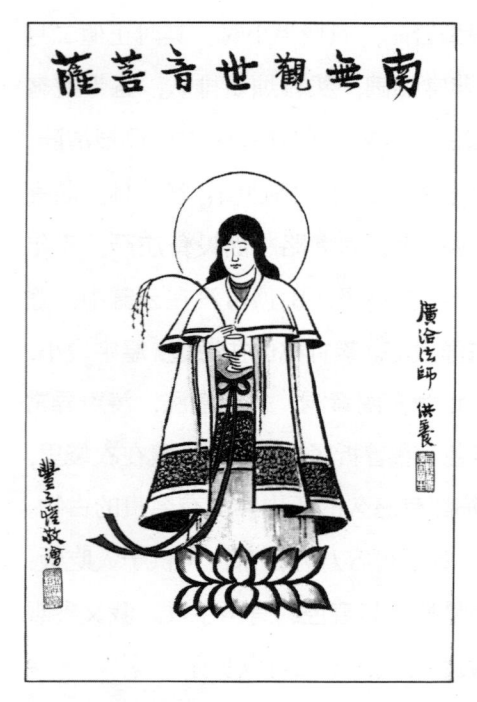

开动了。随风漂泊，一直来到了普陀岛的潮音洞旁边。慧锷法师便捧菩萨像登陆。此时普陀全无寺院，只有居民。有一个姓张的居民，知道日本僧人从五台山请观音来此，就捐献几间房屋，给他供养观音像。又替这房屋取个名字，叫作"不肯去观音院"。慧锷法师就在这不肯去观音院内终老。这不肯去观音院是普陀第一所寺院，是紫竹林的前身。紫竹林这名字是后来改的。有一个人为不肯去观音院题一首诗：

借问观世音，因何不肯去？
为渡大中华，有缘来此地。

如此看来，普陀这千余年来的佛教名胜之地，是由日本人创始的。可见中日两国人民自古就互相交往，具有密切的关系。我此次出游，在宁波天童寺想起了五百年前在此寺作画的雪舟，在普陀又听到了创造寺院的慧锷。一次旅行，遇到了两件与日本有关的事情，这也可证明中日两国人民关系之多了。不仅古代而已，现在也是如此。我经过定海，参观渔场时，听见渔民说起：近年来海面常有飓风爆发，将渔船吹到日本，日本的渔民就招待这些中国渔民，等到风息之后护送他们回到定海。有时日本的渔船也被飓风吹到中国来，中国的渔民也招待他们，护送他们回国。劳动人民本来是一家人。

不肯去观音院左旁，海边上有很长、很广、很平的沙滩。较小的一处叫作"百步沙"，较大的一处叫作"千步沙"。潮水不来时，我们就在沙上行走。脚踏到沙上，软绵绵的，比踏在芳草地上更加舒服。走了一阵，回头望望，看见自己的足迹连成一根长长的线，把平净如镜的沙面划破，似觉很可惜的。沙地上常有各种各样的贝壳，同游的人大家寻找拾集，我也拾了一个藏在衣袋

里，带回去作纪念品。为了拾贝壳，把一片平沙踩得破破烂烂，很对它不起。然而第二天再来看看，依旧平净如镜，一点伤痕也没有了。我对这些沙滩颇感兴趣，不亚于四大寺院。

离开普陀山，我在路途中作了两首诗，记录在下面：

一别名山五十春，重游佛顶喜新晴。
东风吹起千岩浪，好似长征奏凯声。

寺寺烧香拜跪勤，庄严宝岛气氤氲。
观音颔首弥陀笑，喜见群生乐太平。

回到家里，摸摸衣袋，发见一个贝壳和一根紫竹，联想起了普陀的不肯去观音院，便写这篇随笔。

一九六三年清明节于上海

旧 上 海

所谓旧上海,是指抗日战争以前的上海。那时上海除闸北和南市之外,都是租界。洋泾浜(爱多亚路,即今延安路)以北是英租界,以南是法租界,虹口一带是日租界。租界上有好几路电车,都是外国人办的。中国人办的只有南市一路,绕城墙走,叫作华商电车。租界上乘电车,要懂得窍门,否则就被弄得莫名其妙。卖票人要揩油,其方法是这样:譬如你要乘五站路,上车时给卖票人五分钱,他收了钱,暂时不给你票。等到过了两站,才给你一张三分的票,关照你:"第三站上车!"初次乘电车的人就莫名其妙,心想:我明明是第一站上车的,你怎么说我第三站上车? 原来他已经揩了两分钱的油。如果你向他理论,他就堂皇地说:"大家是中国人,不要让利权外溢呀!"他用此法揩油,眼睛不绝地望着车窗外,看有无查票人上来。因为一经查出,一分钱要罚一百分。他们称查票人为"赤佬"。赤佬也是中国人，但是忠于洋商的。他查出一卖票人揩油，立刻记录了他帽子上的号码，回厂去扣他的工资。有一乡亲初次到上海，有一天我陪她乘电车，买五分钱票子，只给两分钱的。正好一个赤佬上车，问这乡亲哪里上车的，她直说出来，卖票人向她眨眼睛。她又说："你在眨眼睛！"赤佬听见了，就抄了卖票人帽上的号码。

那时候上海没有三轮车，只有黄包车。黄包车只能坐一人，由车夫拉着步行，和从前的抬轿相似。黄包车有"大英照会"和"小照会"两种。小照会的只能在中国地界行走，不得进租界。大英照会的则可在全上海自由通行。这种工人实在是最苦的。因为略犯交通规则，就要吃路警殴打。英租界的路警都是印度人，红布包头，人都喊他们"红头阿三"。法租界的都是安南人，头戴笠子。这些都是黄包车夫的对头，常常给黄包车夫吃"外国火腿"和"五枝雪茄烟"，就是踢一脚，一个耳光。外国人喝醉了酒开汽车，横冲直撞，不顾一切。最吃苦的是黄包车夫。因为他负担重，不易趋避，往往被汽车撞倒。我曾亲眼看见过外国人汽车撞杀黄包车夫，从此不敢在租界上坐黄包车。

旧上海社会生活之险恶，是到处闻名的。我没有到过上海之前，就听人说：上海"打呵欠割舌头"。就是说，你张开嘴巴来打个呵欠，舌头就被人割去。这是极言社会上坏人之多，非万分提高警惕不可。我曾经听人说：有一人在马路上走，看见一个三四岁的孩子跌了一跤，没人照管，哇哇地哭。此人良心很好，连忙扶他起来，替他揩眼泪，问他家在哪里，想送他回去。忽然一个女人走来，搂住孩子，在他手上一摸，说："你的金百锁哪里去了？"就拉住那人，咬定是他偷的，定要他赔偿。……是否真有此事，不得而知。总之，人心之险恶可想而知。

扒手是上海的名产。电车中，马路上，到处可以看到"谨防扒手"的标语。住在乡下的人大意惯了，初到上海，往往被扒。我也有一次几乎被扒：我带了两个孩子，在霞飞路阿尔培路口（即今淮海中路陕西南路口）等电车，先向烟纸店兑一块钱，钱包里有一叠钞票露了白。电车到了，我把两个孩子先推上车，自己跟着上去，忽觉一只手伸入了我的衣袋里。我用手臂夹住这只手，那人就被我拖上车子。我连忙向车子里面走，坐了下来，不敢回头去看。电车一到站，此人立刻下车，我偷眼一看，但见其人满脸横肉，迅速地挤入人丛中，不见了。我这种对付办法，是老上海的人教我的：你碰到扒手，但求避免损失，切不可注意看他。否则，他以为你要捉他，定要请你"吃生活"，即跟住你，把你打一顿，或请你吃一刀。我住在上海多年，只受过这一次虚惊，不曾损失。有一次，和一朋友坐黄包车在南京路上走，忽然弄堂里走出一个人来，把这朋友的铜盆帽①抢走。这朋友喊停车捉贼，那贼早已不知去向了。这顶帽子是新买的，值好几块钱呢。又有一次，冬天，一个朋友从乡下出来，寄住在我们学校里。有一天

---

① 作者家乡的人称礼帽为铜盆帽。

晚上，他看戏回来，身上的皮袍子和丝绵袄都没有了，冻得要死。这叫作"剥猪猡"。那抢帽子叫作"抛顶宫"。

　　妓女是上海的又一名产。我不曾嫖过妓女，详情全然不知，但听说妓女有"长三"、"幺二"、"野鸡"等类。长三是高等的，野鸡是下等的。她们都集中在四马路一带。门口挂着玻璃灯，上面写着"林黛玉"、"薛宝钗"等字。野鸡则由鸨母伴着，到马路上来拉客。四马路西藏路一带，傍晚时光，野鸡成群而出，站在马路旁边，物色行人。她们拉住了一个客人，拉进门去，定要他住宿；如果客人不肯住，只要摸出一块钱来送她，她就放你。这叫作"两脚进门，一块出袋"。我想见识见识，有一天傍晚约了三四个朋友，成群结队，走到西藏路口，但见那些野鸡，油头粉面，奇装异服，向人撒娇卖俏，竟是一群魑魅魍魉，教人害怕。然而竟有那些逐臭之夫，愿意被拉进去度夜。这叫作"打野鸡"。有一次，我在四马路上走，耳边听见轻轻的声音："阿拉姑娘自家身体，自家房子……"回头一看，是一个男子。我快步逃避，他也不追赶。据说这种男子叫作"王八"，是替妓女服务的，但不知是哪一种妓女。总之，四马路是妓女的世界。洁身自好的人，最好不要去。但到四马路青莲阁去吃茶看妓女，倒是安全的。她们都有老鸨伴着，走上楼来，看见有女客陪着吃茶的，白她一眼，表示醋意；看见单身男子坐着吃茶，就去奉陪，同他说长道短，目的是拉生意。

　　上海的游戏场，又是一种乌烟瘴气的地方。当时上海有四个游戏场,大的两个:大世界、新世界,小的两个:花世界、小世界。大世界最为著名。出两角钱买一张门票,就可从正午玩到夜半。一进门就是"哈哈镜",许多凹凸不平的镜子,照见人的身体,有时长得像丝瓜,有时扁得像螃蟹,有时头脚颠倒,有时左右分裂……没有一人不哈哈大笑。里面花样繁多:有京剧场、越剧场、沪剧场、评弹场……有放电影,变戏法,转大轮盘,坐飞船,摸彩,猜谜,还有各种饮食店,还有屋顶花园。总之,应有尽有。乡下出来的人,把游戏场看作桃源仙境。我曾经进去玩过几次,但是后来不敢再去了。为的是怕热手巾[①]。这里面到处有拴着白围裙的人,手里托着一个大盘子,盘子里盛着许多绞紧的热手巾,逢人送一个,硬要他揩,揩过之后,收他一个铜板。有的人拿了这热手巾,先擤一下鼻涕,然后揩面孔,揩项颈,揩上身,然后挖开裤带来揩腰部,恨不得连屁股也揩到。他尽量地利用了这一个铜板。那人收回揩过的手巾,丢在一只桶里,用热水一冲,再绞起来,盛在盘子里,再去到处分送,换取铜板。这些热手巾里含有众人的鼻涕、眼污、唾沫和汗水,仿佛复合维生素。我努力避免热手巾,然而不行。因为到处都有,走廊里也有,屋顶花园里也有。不得已时,我就送他一个铜板,快步逃开。这热手巾使我不敢再进游戏场去。我由此联想到西湖上庄子里的茶盘:坐西湖船游玩,船家一定引导你去玩庄子。刘庄、宋庄、高庄、蒋

[①] 热手巾,即热毛巾。

庄、唐庄，里面楼台亭阁，各尽其美。然而你一进庄子，就有人拿茶盘来要你请坐喝茶。茶钱起码两角。如果你坐下来喝，他又端出糕果盘来，请用点心。如果你吃了他一粒花生米，就起码得送他四角。每个庄子如此，游客实在吃不消。如果每处吃茶，这茶钱要比船钱贵得多。于是只得看见茶盘就逃。然而那人在后面喊："客人，茶泡好了！"你逃得快，他就在后面骂人。真是大杀风景！所以我们游惯西湖的人，都怕进庄子去。最好是在白堤、苏堤上的长椅子上闲坐，看看湖光山色，或者到平湖秋月等处吃碗茶，倒很太平安乐。

且说上海的游戏场中，扒手和拐骗别开生面，与众不同。有一个冬天晚上，我偶然陪朋友到大世界游览，曾亲眼看到一幕。有一个场子里变戏法，许多人打着圈子观看。戏法变完，大家走散的时候，有一个人惊喊起来，原来他的花缎面子灰鼠皮袍子，后面已被剪去一大块。此人身躯高大，袍子又长又宽，被剪去的一块足有二三尺见方，花缎和毛皮都很值钱。这个人屁股头空荡荡地走出游戏场去，后面一片笑声送他。这景象至今还能出现在我眼前。

我的母亲从乡下来。有一天我陪她到游戏场去玩。看见有一个摸彩的摊子，前面有一长凳，我们就在凳上坐着休息一下。看见有一个人走来摸彩，出一角钱，向筒子里摸出一张牌子来："热水瓶一个。"此人就捧着一个崭新的热水瓶，笑嘻嘻地走了。随后又有一个人来，也出一角钱，摸得一只搪瓷面盆，也笑嘻嘻地走了。我母亲看得眼热，也去摸彩。第一摸，一粒糖；第二摸，一块饼干；第三摸，又是一粒糖。三角钱换得了两粒糖和一块饼干，我们就走了。后来，我们兜了一个圈子，又从这摊子面前走过。我看见刚才摸得热水瓶和面盆的那两个人，坐在里面谈笑呢。

当年的上海，外国人称之为"冒险家的乐园"，其内容可想而知。以上我所记述，真不过是皮毛的皮毛而已。我又想起了一个巧妙的骗局，用以结束我这篇记事吧：三马路广西路附近，有两家专卖梨膏的店，贴邻而居，店名都叫作"天晓得"。里面各挂着一轴大画，画着一只大乌龟。这两爿店是兄弟两人所开。他们的父亲发明梨膏，说是化痰止咳的良药，销售甚广，获利颇丰。父亲死后，兄弟两人争夺这爿老店，都说父亲的秘方是传授给我的。争执不休，向上海县告状。官不能断。兄弟二人就到城隍庙发誓："谁说谎谁是乌龟！是真是假天晓得！"于是各人各开一爿店，店名"天晓得"，里面各挂一幅乌龟。上海各报都登载此事，闹得远近闻名。全国各埠都来批发这梨膏。外路人到上海，一定要买两瓶梨膏回去。兄弟二人的生意兴旺，财源茂盛，都变成富翁了。这兄弟二人打官司，跪城隍庙，表面看来是仇敌，但实际上非常和睦。他们巧妙地想出这骗局来，推销他们的商品，果然大家发财。

酆　都

我童年住在故乡浙江石门湾时，听人传说，遥远的四川酆都县，是阴阳交界之处。那里的商店柜子上都放一盆水。顾客拿钱（那时没有纸币，都是铜币和银币）来买物，店员将钱丢在水里，如果沉的，是人的真钱；如果浮的，是鬼的纸钱，就退还他。后来我大起来，在地图上看到确有酆都这地方，知道这明明是谣言。

抗日战争期间，我避寇居重庆，有一次乘轮东下，到酆都去游玩。入市一看，土地平旷，屋舍俨然，行人熙来攘往，市容富丽繁华，非但不像阴间，实比阳间更为阳间。尤其是那地方的人民，态度都很和气，对我这来宾殷勤招待。据他们说，此间气候甚佳，冬暖夏凉。团体机关，人事都很和谐，绝少有纠纷摩擦。天时、地利、人和，此间兼而有之，我颇想卜居于此。

我与当地诸君谈及外间的谣言，皆言可笑。但据说当地确有一森罗殿,即阎王殿,备极壮丽。当年香火甚盛,今则除极少数乡愚外,无有参拜者。仅有老道二三人居留其中,作为古迹看守而已。诸君问我要去参观否,我欣诺。彼等预先告我,入门时勿受泥塑木雕所惊。我跨进殿门,果有一活无常青面獠牙,两眼流血,手执破扇,向我扑将过来,其头离我身不及一尺。我进内,此活无常即起立,不复睬我。盖门内设有跷跷板,活无常装置在一端也。记得我乡某庙亦有此装置,吓死了一个乡下老太,就拆毁了。此间则还是当作古迹保存。其中列坐十殿阎王,雕塑非常精美,显然不是近代之物。当作佛教美术参观,颇有意味。殿内匾额对联甚多。我注意到两联,至今不忘。其一曰:"为恶必灭,若有不灭,祖宗之遗德,德尽必灭;为善必昌,若有不昌,祖宗之遗殃,殃尽必昌。"其二曰:"百善孝当先,论心不论事,论事天下无孝子;万恶淫为首,论事不论心,论心天下无完人。"前者提倡命定论,措词巧妙。后者勉人为善,说理精当。

塘　栖

　　夏目漱石的小说《旅宿》(日文名《草枕》)中，有这样的一段文章："像火车那样足以代表二十世纪的文明的东西，恐怕没有了。把几百个人装在同样的箱子里蓦然地拉走，毫不留情。被装进在箱子里的许多人，必须大家用同样的速度奔向同一车站，同样地熏沐蒸汽的恩泽。别人都说乘火车，我说是装进火车里。别人都说乘了火车走，我说被火车搬运。像火车那样蔑视个性的东西是没有的了。……"

　　我翻译这篇小说时，一面非笑这位夏目先生的顽固，一面体谅他的心情。在二十世纪中，这样重视个性，这样嫌恶物质文明的，恐怕没有了。有之，还有一个我，我自己也怀着和他同样的心情呢。从我乡石门湾到杭州，只要坐一小时轮船，乘一小时火车，就可到达。但我常常坐客船，走运河，在塘栖过夜，走它两三天,到横河桥上岸,再坐黄包车来到田家园的寓所。这寓所赛如我的"行宫",有一男仆经常照管着。我那时不务正业,全靠在家写作度日,虽不富裕,倒也开销得过。

客船是我们水乡一带地方特有的一种船。水乡地方,河流四通八达。这环境娇养了人,三五里路也要坐船,不肯步行。客船最讲究,船内装备极好。分为船梢、船舱、船头三部分,都有板壁隔开。船梢是摇船人工作之所,烧饭也在这里。船舱是客人坐的,船头上安置什物。舱内设一榻、一小桌,两旁开玻璃窗,窗下都有坐板。那张小桌平时摆在船舱角里,三只短脚搁在坐板上,一只长脚落地。倘有四人共饮,三只短脚可接长来,四脚落地,放在船舱中央。此桌约有二尺见方,叉麻雀也可以。舱内隔壁上都嵌着书画镜框,竟像一间小小的客堂。这种船真可称之为画船。这种画船雇用一天大约一元。(那时米价每石约二元半。)我家在附近各埠都有亲戚,往来常坐客船。因此船家把我们当作老主顾。但普通只雇一天,不在船中宿夜。只有我到杭州,才包它好几天。

吃过早饭,把被褥用品送进船内,从容开船。

凭窗闲眺两岸景色,自得其乐。中午,船家送出酒饭来。傍晚到达塘栖,我就上岸去吃酒了。塘栖是一个镇,其特色是家家门前建着凉棚,不怕天雨。有一句话,叫作"塘栖镇上落雨,淋勿着"。"淋"与"轮"发音相似,所以凡事轮不着,就说"塘栖镇上落雨"。且说塘栖的酒店,有一特色,即酒菜种类多而分量少。几十只小盆子罗列着,有荤有素,有干有湿,有甜有咸,随顾客选择。真正吃酒的人,才能赏识这种酒家。若是壮士、莽汉,像樊哙、鲁智深之流,不宜上这种酒家。他们狼吞虎嚼起来,一盆酒菜不够一口。必须是所谓酒徒,才可请进来。酒徒吃酒,不在菜多,但求味美。呷一口花雕,嚼一片嫩笋,其味无穷。这种人深得酒中三昧,所以称之为"徒"。迷于赌博的叫作赌徒,迷于吃酒的叫作酒徒。但爱酒毕竟和爱钱不同,故酒徒不宜与赌徒同列。和尚称为僧徒,与酒徒同列可也。我发了这许多议论,无非要表示我是个酒徒,故能赏识塘栖的酒家。我吃过一斤花雕,要酒家做碗素面,便醉饱了。算还了酒钞,便走出门,到淋勿着的塘栖街上去散步。塘栖枇杷是

有名的。我买些白沙枇杷，回到船里，分些给船娘，然后自吃。

在船里吃枇杷是一件快适的事。吃枇杷要剥皮，要出核，把手弄脏，把桌子弄脏。吃好之后必须收拾桌子，洗手，实在麻烦。船里吃枇杷就没有这种麻烦。靠在船窗口吃，皮和核都丢在河里，吃好之后在河里洗手。坐船逢雨天，在别处是不快的，在塘栖却别有趣味。因为岸上淋勿着，绝不妨碍你上岸。况且有一种诗趣，使你想起古人的佳句："人人尽说江南好，游人只合江南老。春水碧于天，画船听雨眠。""闲梦江南梅熟日，夜船吹笛雨潇潇。"古人赞美江南，不是信口乱道，确是亲身体会才说出来的。江南佳丽地，塘栖水乡是代表之一。我谢绝了二十世纪的文明产物的火车，不惜工本地坐客船到杭州，实在并非顽固。知我者，其唯夏目漱石乎？